MAD

V.Maroah

MAD

© 2024 V. Maroah
Edition : BoD – Books on Demand,
info@bod.fr
Impression : BoD - Books on Demand, In de Tarpen 42, Norderstedt (Allemagne)
Impression à la demande
ISBN : 978-2-3225-4169-0
Dépôt légal : juillet 2024

> *« Une vision réaliste du monde n'est-elle pas la plus vide illusion ? »*
> M. Kundera. <u>La vie est ailleurs</u>.

Maman m'a dit…

***

J'écoute toujours ce que maman me dit.

***

Jusqu'à un certain point.
Jusqu'au jour où…
Mais un jour…

***

Toujours, ça dure pas toujours.
Alors un jour…

J'essaie

Ça ne suffit pas pour y arriver.
La plupart du temps je n'y arrive pas.
Je sais.

Je m'appelle Jessie.
Maman espérait une fille. Elle se serait prénommée Jessica.
C'est moi qui suis né. Maman a dû ravaler sa déception et déglutir son ressentiment. En toute discrétion. Elle m'a souri quand j'ai poussé mon premier cri, le cri primal de la séparation. Elle a souri en m'accueillant, moi, celui qu'elle ne voulait pas. Et m'a prénommé Jessie. Comme la fille qui n'est pas née, sans le *ca*. Phonétiquement le *k*.

Je fais tout pour ne pas être un cas.

Je m'efforce de combler la vaine attente de ma mère, si déçue, si affligée d'avoir un fils. Je le sais bien qu'elle est triste, que mon existence la frustre de celle de Jessica, que chacune de mes respirations lui souffle l'absence de celle qui n'est pas née. Je sais cette souffrance soumise, ce regret qui ne se dit pas. Qu'*elle* ne dit pas, malgré que chaque geste, chaque regard l'exprime. Bien sûr, elle n'a rien dit. Rien dit de tel. Il a suffi d'une phrase à l'intonation rêveuse, quelques petits mots ordinaires, qu'on lâche pour rien, parce qu'ils ne servent à rien, alors on les pense sans conséquences. Cette phrase sans autre objet que l'expression d'elle-même, sans autre intention que sa propre formulation. *J'aurais bien aimé avoir une fille…Si j'avais eu une fille…Elle se serait appelée Jessica.*
Ma vie entière bascule dans cette hypothèse.

Il aurait suffi qu'elle n'en dise rien… Pour que j'ignore tout de cette enfant qui n'existe pas. Pour que ma place en ce monde me soit acquise sans conditions ni restrictions. Il aurait suffi…
J'ai tant de peine pour maman, dont l'existence tout entière fut dévouée à la mienne, tant de peine

de ne pas répondre à ses attentes. J'essaie, de tout mon être et par tous les pores de celle que je ne suis pas, j'essaie. D'exister comme elle le souhaite. C'est vital, l'amour d'une mère.
Surtout dans un tête-à-tête où il n'y a ni père ni fratrie.
C'est le souffle d'une vie. D'une vie où je m'essouffle.

Jessie, c'est vite devenu *Jess*. Le petit nom, le surnom, celui qu'on donne et qui, insidieusement, l'air de rien, a créé cette espèce d'intimité, de familiarité entre les personnes.
J'aime que maman m'appelle Jess et tisse ainsi le lien ténu qui l'attache à moi. Je déteste quand elle m'envoie du Jessie, Jessie-ci, Jessi-ça, pas très loin de Jessica. Quand elle m'interpelle ainsi, généralement dans un accès de colère ou un ton de reproche, j'ai dû faire une connerie quelconque, un truc à ne pas faire, oui, quand elle m'accoste ainsi, on se rapproche dangereusement de celle que je ne suis pas.
Je dissimule mon désarroi. Ma terreur et ma fureur.

J'essaie.

Jessie, ça ressemble beaucoup à *J'essaie*. Il manque juste le *a*. Le *a* de … De ce que tu veux, lecteur à l'imagination foisonnante. Le *a*, c'est toujours le début de quelque chose. La première lettre de l'alphabet. Celle qui initie tout commencement. Et c'est tout ce qui me manque.

Mais je m'efforce d'en faire abstraction.

J'essaie.

J'ai parfois l'impression que ma vie entière est tournée vers cet effort.

Et même si j'y mets toute mon énergie et toute ma bonne volonté, tant que je stagne dans la phase d'essai, mon échec est avéré. Cela veut bien dire que je n'y parviens pas.

Maman a dit un jour à Irène, la voisine de dessous, qu'il était *un* gentil. *Il est gentil, tu sais. Trop gentil. C'est un gentil. C'est pour ça qu'il se fait toujours avoir. C'est un gentil con*

C'était de moi qu'il s'agissait. *Il*, c'est moi. Je suis à peu près la seule intrusion masculine dans son univers féminin. Férocement féminin. Relativement dépourvu de féminité, mais ça, ça n'a rien à voir. Maman est une maîtresse-femme, comme on dit. Elle n'est la maîtresse de personne, chaque amant fout le camp, tout le temps, pas un qui reste, qui s'attarde, pas un. Et elle n'est pas féminine. Elle est robuste, rustre, durcie par la vie.

Une maîtresse-femme, donc.

C'est de moi qu'il s'agit. Je suis un gentil con, c'est maman qui l'a dit. Un *g.c.* pour les intimes.

Et ce que mère dit…

Si mère dit, que dire ?

Si merdique, y a rien à dire.

Je suis un *g.c.* et j'essaie de ne pas dire. De m'accommoder de ces deux initiales dont maman m'a affublé. Accrochées à mes basques pour toujours, toujours c'est si long dans une vie où on peine tant, on peine tant à avancer. Dans une vie où tout flanche. Ces deux misérables lettres où s'enlise ma vie entière, qui pendent lamentablement à chaque pas que j'essaie de former sans trébucher.

J'essaie. C'est parfois la seule chose qui compte pour être sauvé.

L'immeuble

Maman et moi habitons un appartement coquet au troisième et dernier étage d'un immeuble de ville, entièrement rénové dans les années 60.
Au siècle dernier, donc.
Quand même… Vu comme ça, cela semble très loin. Mais l'immeuble dissimule son ancienneté derrière une façade claire et lumineuse, faussement rajeunie par un enduit mural coloris beige sable, sur lequel s'ouvrent et se ferment, au gré de la vie des habitants, des volets à persiennes, vert d'eau. Des jardinières de géraniums lierre fleurissent avec grâce les murs silencieux, teintés de douceur et de discrétion.
Une peinture de façade.

3 rue Montaigne.

A deux pas de la place Mallarmé, sorte de minuscule rond-point piéton somnolent dans la quiétude des jours vides, et qui, tous les samedis matin s'anime joyeusement pour accueillir un petit marché de produits locaux. Et tous les samedis matin, à partir de neuf heures et jusqu'à midi, se bousculent les passants venus faire leurs emplettes. Avant de s'évanouir dans le paysage, soudain redevenu désert et rendu à sa nonchalance.

La sereine place Mallarmé est encerclée de quelques boutiques d'artisanat et de souvenirs, qui s'obstinent à exposer leur vitrine aux improbables clients, lesquels ne poussent qu'à de très rares occasions la porte vitrée des magasins.

Des souvenirs, à vrai dire, il n'y en a pas tant que ça, dans cette bourgade ordinaire.

Rien de mémorable ne l'honore ni ne l'élève.

Mais les souvenirs, ça se vend, il parait.

L'été, ça se vend plutôt bien.

Christie sur Ponge-Vian.

A quelques deux cent cinquante kilomètres à l'ouest du sud de l'est de Paris. A l'ouest, surtout. Quelque part.

Petite ville étendue sur environ trois mille hectares de terres dont seul le cœur est urbanisé, et la population, de fait, extrêmement concentrée. Petite ville au charme désuet, un peu suranné, vaguement daté. Sans aucune autre prétention que sa propre pérennité, sans aucune autre ambition que celle d'exister et puis voilà, et puis c'est tout. Uniquement consacrée à son entretien et aux services à ses habitants. Mais qui se distingue des villes similaires, de son gabarit, par une forte fréquentation l'été, et ce, par la lubie du nommé André de la Picardière, propulsé maire du lieu au tout début des années 70.

Cet homme était issu d'une famille à particule dont il n'avait que faire, la particule, je parle, quoique la famille aussi, peut-être, je sais pas, c'est toujours compliqué les familles. Il était également l'unique héritier de terres tellement vastes qu'il en ignorait les limites, terres bien trop grandes pour sa petite personne, mais convoitées par quelques élus régionaux soucieux d'augmenter le patrimoine foncier du secteur et de faire enfler le compte bancaire de leurs épouses, sorte d'assurance métaphorique de leur discrète virilité.

Embrigadé dans les élans libertaires d'une société soixante-huitarde toisant avec enthousiasme l'ordre établi et révolutionnant les règles et les codes professés par un amas de culture séculaire, lui-même enseveli sous un ramassis de routine et d'habitudes, André de la Picardière s'est affranchi de son identité sociale en se débarrassant des deux attributs qui la forgeaient, bourgeoisie et propriété, pour se pointer, tout déguenillé, dans le nouveau monde. Il a refilé ses écuries, les chevaux, le crottin, toutes ces merdes, à ceux qui les convoitaient avec tant d'ardeur. Fan de Tintin depuis l'enfance, il est devenu Dédé le Picaros, épris d'aventure et de vagabondage. Mèche blonde au soleil, quand soleil il y a en ces régions sombres et pluvieuses, œil pétillant et sourire rêveur, se baladant à poil dans l'existence avec juste une casquette *no future* vissée sur la tête, il a fini à l'asile Artaud, là où l'on range les fous. Tous ceux qui sont différents, inadaptés, insoumis ou inconscients. Parfois, on y met aussi les dangereux.

Parfois. Parce qu'en réalité, les dangereux, ils sont plutôt dehors. Libres. Sinon il y aurait moins de danger. C'est ce que dit maman. C'est ce qu'elle scande avec colère chaque fois que l'actualité balance un nouveau crime, une nouvelle disparition, exhume un nouveau corps, autopsie un énième criminel.

Ben oui, si ça se passe, c'est qu'ils sont bien dehors, tous ces fous.

Pourtant, y a du monde à l'asile Artaud. C'est plein. Plein à craquer. Faut pas craquer, là-bas, surtout pas.

Dédé le Picaros fut ainsi maintenu en détention jusqu'à la fin de ses jours. Pour outrage à la pudeur. Ils furent quelques-uns à s'insurger contre l'enfermement de l'homme émancipé, indignés de cette confusion outrancière entre l'offense et la liberté. Mais quelques-uns, ça ne suffit pas à changer le cours de choses et la loi des hommes.

Maman a dit que s'il était resté dans sa merde et avait remué le purin toute sa vie, il aurait été plus libre. Alors qu'il croyait que c'était sa prison.

Ça m'a beaucoup fait réfléchir. Et incontestablement, ça a influencé mon approche des choses de même que les choix que j'ai pu faire.

J'écoute toujours ce que maman me dit, je vous l'ai dit.

Quoi qu'il en soit, avant cette fin sinistre, l'homme fou, amateur de littérature et de poésie, avait su user des talents de négociateur légués par la lignée de la Picardière pour échanger titres et propriétés contre une *renommination* totale de la ville. Ainsi, Ploubec-la-Loose devint, lors du bref mandat municipal du Picaros, passionné de romans policiers et curieux de nouveaux écrivains réécrivant l'histoire littéraire, Christie sur Ponge-Vian. Rien d'érotique dans tout ça, l'année 69 étant achevée, juste un mélange des genres, une juxtaposition entre le classique et le moderne, l'art mineur du roman de gare, et l'art nouveau du chamboulement littéraire du XXème siècle. Une leçon de tolérance, en somme, doublée d'un pied de nez à la bienséance. Une proposition, en quelque sorte. Et la Loose, qui coule à flots à l'extrémité est de la ville, y a longtemps que les habitants l'ont oubliée. Ils ont accueilli Ponge-Vian dans une fière évidence. Sans trop savoir qui c'est ce Ponge, mais peu importe, ça fait éponge, ça sonne bien avec l'eau. Le parti pris des choses, c'est cohérent. Ça fait sens. Et sans trop oser non plus s'étendre sur Vian, parce qu'ils ont appris, aussi, qu'il avait écrit des choses pas très catholiques. Ils sont pas pratiquants, pas vraiment, mais quand même, ça se fait pas, alors… Mais c'est pas grave, Vian, c'est presque Evian, alors, pour un peu ça coule de source

Oui, ils sont fiers de leur ville ainsi nommée, et ils ne cherchent pas trop à analyser. La poésie c'est comme la religion, c'est sacré. Alors on l'admet en toute humilité, sans chercher plus. Sans aller plus loin. Plus loin, on ne sait jamais où ça peut mener. C'est pas là que vont les braves gens.
Les braves gens ne vont nulle part.

La ville fut ainsi rebaptisée par les élucubrations d'un homme, passe-droit inédit dans l'histoire du territoire, et avec elle, tous ses espaces. Chaque rue, chaque impasse, chaque place fut renommée.

Place principale : Place de La Fontaine. Et pour l'honorer, le Picaros fit bâtir une fontaine majestueuse, avec pas moins de dix robinets en laiton. On dirait qu'il pleut sans interruption. Lieu privilégié des fables de toutes sortes, c'est l'endroit de prédilection des couples. Ceux qui se jurent un amour éternel, voire plus, si plus, c'est possible. Ceux qui se rabibochent en se faisant croire que les coups portés à leur idylle ne laissent pas de marques. Sans y croire vraiment, mais c'est si fabuleux, l'amour, lieu suprême de la fabulation. Alors ben, on y croit. Place de La Fontaine : d'amour et d'eau fraiche. Agrémentée d'un brin de superstition : mariage pluvieux, mariage heureux.

On se console comme on peut.

Même les commerces se sont adaptés à ce jeu littéraire. A Christie sur Ponge-Vian, on trouve le resto Chateaubriand, spécialisé en pavés de steaks. On n'est pas très imaginatif à Christie sur Ponge-Vian, c'est pas parce qu'on fait dans la littérature qu'on échappe aux poncifs et autres lieux communs. Rue de la Sardine, côte à côte, se tiennent La boite Anouilh, ou l'art de la pasta box, la

librairie des Mots Passants pour passants qui passent, le bar de Céline, tenu par Jojo. Parfois, c'est Line qui le remplace au comptoir. Le soir.
Dis-moi, Céline… tu aurais pu rendre un homme heureux.
Plus loin, Les deux Marguerite, boutique d'art floral. Les broderies Rousseau. Le centre scolaire Knock. Le centre ophtalmologique Palomar. Certains ont du mal à décoder cette appellation, d'autres n'essaient même pas, tout intimidés qu'ils sont face à ce qu'ils ne connaissent pas. N'osent pas dire, conscients que leurs interrogations les font passer pour des incultes. Et se taisent parce qu'on est chez des docteurs là, et la médecine, des fois, c'est comme la religion ou la poésie, on l'accueille pieusement et en silence. On n'est pas au niveau. D'autres encore ont enrichi leur culture littéraire grâce à leur ignorance. Plus malins que les autres, plus curieux aussi, incontestablement, ils ont demandé à internet ce que c'était ce *palomar* et quel rapport ça pouvait bien avoir avec la vue.

Il y a également la promenade Moby Dick, aménagée le long des berges du Ponge-Vian. La place Godot, qui dispose de huit bancs séculaires. Le tatoueur Edouard Alain Poe, fraichement débarqué d'Amérique un vendredi, sans les limbes du Pacifique. Edouard Alain Poe qui s'exile d'un continent beaucoup trop vaste pour qu'il puisse y révéler son talent pour venir laisser sa trace sur les peaux claires d'une bourgade paumée de France. Ce qu'il croit en tout cas, parce qu'en réalité, ce sont surtout les escargots qui laissent leur trace en ces zones sombres et pluvieuses. Mais personne ne révèle rien de son scepticisme et on accueille l'étranger à l'accent marqué avec courtoisie, et même un certain orgueil. Un artiste international ! Un Américain à Christie sur Ponge-Vian ! Du fait de ses origines et dans un souci de cohérence extrême, voire extrémiste, il s'est vu octroyer l'unique local à usage commercial de la rue Truman Capote. Parce que c'est un homme vrai, cet homme-là, un authentique américain même si son prénom est typiquement français, parce que ses parents sont français en fait, il se trouve qu'il est né pendant un voyage, prématurément. Sur le continent américain. Les hasards de la vie avant même qu'elle ne débute. Un *man*, donc, comme on dit là-bas. Et indéniablement le plus gros consommateur de capotes du coin, c'est Lydia qui le dit, en chuchotant, comme un truc à pas dire mais tout le monde le sait. Puisqu'elle le dit. Lydia c'est la pharmacienne, et elle peut comptabiliser le nombre exact de capotes consommées, vu que c'est elle qui les vend. Et qui encaisse. Elle aurait bien aimé, elle aussi… Mais non. Pas elle. Elle, elle encaisse. Et ne lui fait pas de cadeaux. C'est qu'il est plutôt beau gosse, Poe, et l'art de la peau, c'est son domaine. Alors les filles, chez lui, c'est l'Amérique.

A la sortie nord de la ville s'étale, resplendissant, le garage Buzzati. Peuplé de belles italiennes qui se pavanent, rutilantes, sur plusieurs centaines de mètres, il contribue à l'exotisme du lieu. Et Dino le mécano, infortuné éconduit d'un petit garage minable aux mains d'un patron acariâtre, conduit désormais cette affaire florissante, en collaboration secrète avec une bande de faux-monnayeurs qui cultive discrètement les raisins de la colère. Au volant de sa resplendissante Bugatti que le labeur associé à la malversation ont contribué à financer.

Chacun son Amérique.

Dès lors, la ville attira curieux et littéreux de toutes sortes. Un tourisme à thème se développa. Comme dans ce bled du sud-ouest de la France connu pour son village de bouquinistes, on venait à Christie sur Ponge-Vian pour arpenter les rues littéraires du lieu, comme un jeu de piste qui solliciterait nos connaissances ou nous en apporterait de nouvelles.

Oh, on ne venait pas du bout du monde découvrir ce petit endroit, par ailleurs insipide, de France, non. Mais quand on était *dans le coin*, on faisait le détour. Quand on était en vacances, on y consacrait une journée. Quand on avait des enfants, on visitait la ville avec une intention pédagogique, et on se couchait le soir, satisfait d'avoir rempli un devoir parental, la conscience comblée de ses bonnes intentions. Et l'on ne repartait pas sans un souvenir. La carte postale de Ploubec-la-Loose, déclinée dans tous les panneaux de noms de rues que les archives municipales avaient pu retrouver. Que la ville commercialisait.

La Loose était devenue la grande gagnante de ces transformations, grâce aux élucubrations d'un homme réputé fou qui croupissait à l'asile Artaud. Au milieu de ses frères marteaux. Dans l'immense hall de ce haut lieu dévoué aux dégénérés de l'espèce humaine en voie de déshumanisation, trône sur le mur blanc en lettre noires : *Théâtre de la cruauté*. Une entrée en matière qui te file les chocottes et te donne juste envie de t'enfuir à toutes jambes. Derrière le hall, c'est le début de la folie. On fait tout pour qu'ils soient bien, là derrière, ceux qu'on enferme. On fait ce qu'on peut. Comme on peut. Maman m'a dit que si ces mots étaient gravés ainsi de sorte que l'on ne puisse se soustraire à leur vue, c'était pour créer un effet saisissant. J'avais bien saisi, mais comme je suis un *g.c.*, j'ai rien dit, j'ai gobé ses paroles à la façon d'une enseignement. Avec attention et application. C'est qu'elle n'a pas une grande culture littéraire, maman, elle a lu *Les malheurs de Sophie* et *Les mémoires d'un âne*, quelques trucs de fille et plein de magazines. Elle s'est bien rencardée sur les grands noms de notre petite ville, elle a même découvert de grands auteurs, mais voilà. Pas plus.

C'est déjà pas si mal, me direz-vous. C'est vrai. Toujours est-il que d'après maman, cette phrase stigmatise le lieu et est placardée là pour nous signifier à quel point il est préférable d'éviter ce type d'endroit. Je suis gentil, je ne lui dis pas que ce n'est pas *que* ça, mais je suis pas si con, j'ai pas besoin de lire ça pour savoir, instinctivement, qu'il vaut mieux être ailleurs.

Les souvenirs des temps révolus, les photos de l'homme nu, le fumier de La Picardière, tout fut prétexte à photographies et illustrations pour se remémorer le passé.

Postmortem.

Au rez-de-chaussée, à gauche

La porte d'entrée du 3 rue Montaigne, lourde et massive, en bois noble peinture vert d'eau en harmonie avec les volets, ouvre sur un hall spacieux au fond duquel débute un large escalier desservant les étages supérieurs. Le rez-de-chaussée accueille deux logements ou plutôt deux espaces distincts, de chaque côté du hall. A droite se trouve un appartement réservé aux personnes à mobilité réduite, et, de fait, habité par un locataire handicapé. A gauche, c'est la porte toujours fermée du local commercial occupé par le bouquiniste. Celui-ci accède à sa boutique par la rue, en relevant et baissant son store électrique chaque jour, même le dimanche. Matin.

Depuis quarante ans. Très exactement.

Quarante ans qu'il ouvre quotidiennement sa boutique pour s'y engouffrer et s'y tapir jusqu'au soir. Evadé du monde dans ce lieu sans âge, où chaque page qu'il tourne l'invite à tous les voyages.

Arthur est un grand lecteur. C'est pour cette raison qu'il a choisi ce métier solitaire, peu rémunérateur, rempli de poussière, de silence et de rêves, et profondément inadapté à l'inaltérable ballet de la vie humaine.

Rien ne le prédestinait pourtant à l'exercice d'une telle fonction. A ma connaissance, on n'est pas bouquiniste de père en fils. D'ailleurs, Arthur n'a ni père ni fils. Sa présence dans le monde est tout aussi mystérieuse et irrationnelle que les mondes imaginaires dans lesquels il s'exile. Peuplés de créatures étranges qui l'invitent à épouser l'irrationnel. C'est uniquement son goût pour la littérature, son fantasme d'une vie fictive, puisque la vie à laquelle il aspirait n'existe pas, additionné d'un coup de pied au cul de sa vieille, lasse de se trimballer ce fringant trentenaire avachi sur son lit d'ado en attendant qu'elle fasse à bouffer, qui l'ont propulsé dans les mondes meilleurs de l'imaginaire.

Maman a dit qu'il ne fallait *surtout pas* prendre exemple sur Arthur.

Surtout pas.

J'essaie.

Arthur avait toujours été un enfant rêveur. Calme et réservé, peu intéressé par la conversation.

C'est un taiseux. On sait jamais ce qu'il pense. A dit maman.

Et alors ? Me tais-je.

Il poursuivit une scolarité médiocre, sans éclat, mais suffisamment efficace pour accéder à une certaine catégorie de concours administratifs. Il pratiqua, comme le veut l'usage, différents sports, pour entretenir sa santé physique et mentale, comme le préconise le monde moderne. Quelques coups de pieds dans un ballon, qui roule tandis que tu lui cours après ; quelques coups de pédales juché sur un vélo, qui ne l'ont pas fait avancer plus vite ; quelques séances de tir qui ne l'ont pas convaincu de l'intérêt de bien viser, puisque dans la vie, on n'atteint jamais sa cible ; quelques plongeons dans le grand bassin de la piscine municipale de la ville voisine, qui l'ont encouragé à garder la tête hors de l'eau. Il fut finalement avéré qu'il avait un goût particulier pour la marche à pied. Les promenades solitaires propices aux rêveries, le long de la Loose. Ses flâneries l'amenaient toujours au même endroit : un petit rocher au bord de l'eau, pas très loin du sentier longeant la rivière, sur lequel il s'asseyait pour lancer des miettes de pain rance aux animaux de passage. Oiseaux de sol s'approchant timidement, puis de plus en plus vaillamment, de lui.

…Donner à manger à des pigeons idiots
Leur filer des coups de pied pour de faux…

Pour de faux. Ce fut la révélation. C'est là qu'Arthur prit conscience, dans un éclair de lucidité absolu, comme il en arrive rarement dans une vie, de la réalité de l'imaginaire. Et dès lors se désintéressa progressivement du monde et de ses habitants, pour vivre essentiellement dans sa tête.

Ceci donna lieu à quelques années d'errances professionnelles, lors desquelles il exerça sans conviction divers petits boulots, afin de remplir sa part de contrat social. Puis, encouragé par sa vieille, qui le stimula à coups de pieds au cul et à grand renfort de reproches, il candidata à un concours de la fonction publique, auquel il fut admis sans difficulté. Il se retrouva alors agent territorial et s'affaira à des tâches administratives dont il ne cernait ni l'intérêt ni l'enjeu. Et de fait, quelques années plus tard, il démissionna de ce poste que d'autres convoitaient, et les laissa se disputer l'appât en toute indifférence. Il savait que celui qui avait les dents les plus longues emporterait la victoire. Il suffisait de mordre. Il quitta sans regrets et sans un sou le petit bureau lumineux et confortable à l'atmosphère de zénitude, sans avoir encore compris ce qu'il avait foutu là tout ce temps. Et s'en retourna vivre chez sa vieille.

Ces aléas professionnels s'étaient accompagnés de mouvance sentimentale. Peu intéressé par les désordres amoureux, peu enclin à l'amour, même, peu lui importait d'aimer et d'être aimé, il s'enticha de quelques bipèdes féminins qui lui apportèrent finalement plus de tourments et d'emmerdes que de joie et de sérénité. Il fut incapable d'embellir et de magnifier l'amour. Le désir pour lui n'était que le symptôme d'une frustration, la réalisation du désir un instant si fugace, *si peu de choses*, qu'il se demandait comment les êtres pouvaient attacher autant d'importance à *ça*.

Il s'ennuyait à aimer, à faire semblant d'aimer, à se forcer à aimer. Ne parvenait pas à se contenter de la piètre satisfaction d'une entente à deux. L'amour le fatiguait, entretenir une relation l'épuisait. Alors régulièrement, c'était le grand ménage. Il avait essayé. La vie à deux. Dans un petit appartement douillet d'une ville voisine, au nom fadouillard dépourvu de poésie, mais délibérément choisie pour son éloignement. Parce que quand on débute une *vie d'homme*, une vie de couple, on s'éloigne autant que possible de sa mère castratrice. Pour se donner une chance d'exister. Mais ça n'a pas marché. Arthur préférait sans conteste frôler des yeux ses héroïnes de papier plutôt que de s'acoquiner avec une femme en chair et en os.

La réalité, une fois de plus, n'était pas parvenue à le convaincre.

Après de nombreux mois d'une vie étriquée au domicile maternel, sa vieille, au bout du rouleau

de sa vie de chiotte, lui tailla un costume à sa mesure. Le regard noir perdu au fond de ses yeux bleus, la voix grave des grands moments empreints de solennité, elle lui tendit le miroir de sa vie pour le forcer à s'y regarder. Trente-trois ans. Pas de boulot. Pas de femme. C'est pas une vie. Tu ne peux pas continuer comme ça. *Tu ne peux pas.*
Et moi non plus, pensait-elle si fort, qu'il l'entendit aussi, ça.
Alors voilà. Ecoute bien. J'ai mis l'appartement en vente. Plus besoin d'un truc si grand. J'ai eu des visites. L'autre jour, oui, quand tu es parti marcher toute la journée. J'en ai profité. C'est vendu. En fait, ça y est, c'est vendu. Direct. Déjà. Dans trois mois, on est dehors.
J'ai trouvé un petit logement en rez-de-chaussée, impasse Steeman. 21 impasse Steeman, précisément. C'est parfait, juste ce qu'il faut comme espace, à ma taille, pas de travaux, simple, fonctionnel. Parfait. Il y a un banc devant la fenêtre. Pour s'asseoir dehors quand il fait beau. Il y a même la place pour deux gros pots de fleurs. C'est joli, c'est parfait, c'est ce qu'il me faut. C'est signé.

Et j'ai réservé un local pour toi, rue Montaigne, de l'autre côté de la ville, mais pour toi qui aime marcher, c'est pas très loin. Un local commercial avec les commodités de vie, lavabo, toilettes, et même un petit coin cuisine. Tu pourras même y dormir si tu veux. Discrètement parce que c'est interdit, d'habiter dans un commerce. Mais dormir, manger, pisser, c'est pas forcément habiter. Et de toute façon tu auras ta chambre chez moi, je te mets pas dehors.
Je t'aide juste à partir.
Et qui sait ? Ajouta-t-elle timidement. *Tu pourrais peut-être devenir libraire ? Vendre des livres ? Toi qui aimes tant les livres…*

Arthur ne pipait mot. Abasourdi, assailli de sentiments contradictoires, et pour finir, en proie à un enthousiasme inédit dans sa vie, il enlaça tendrement sa mère, cette femme de chair et d'os qui lui offrait un monde de papier

Ce fut une des rares fois de son existence, pour ne pas dire l'unique fois, que la réalité supplantait l'imaginaire.

C'est ainsi qu'Arthur devint bouquiniste.

Rez-de-chaussée, de l'autre côté

L'appartement de droite est occupé, depuis deux décennies, par Charles Barri, ironiquement homme de gauche depuis plusieurs générations, et fermement décidé à y vivre jusqu'à ce qu'il passe l'arme à gauche.

Désormais âgé d'une cinquantaine d'années, Charles a bénéficié, vingt ans plus tôt, du nouvel aménagement du lieu, conçu pour les personnes à mobilité réduite, à la faveur de la *Loi d'orientation en faveur des personnes handicapées* de 1975. Loi qui établit des droits spécifiques pour les personnes en situation de handicap, notamment le droit de bénéficier de tous les dispositifs de la vie ordinaire, dans tous les domaines de la citoyenneté.

La vie ordinaire : le Graal de la personne handicapée. Sa quête, son Everest.

Loi qui, de fait, développe des politiques œuvrant en faveur de l'intégration et de l'autonomie des handicapés, autant que faire se peut. Dans cette perspective se développe alors l'accessibilité au logement, avec des aménagements spécifiques susceptibles d'intégrer ces personnes à la vie ordinaire.

La moindre des choses, quand la chose est possible.

Ainsi, Charles se retrouva locataire de cet espace entièrement rénové et adapté à sa problématique. A trente ans, Charles était un nouvel arrivant dans le secteur du handicap, à la suite d'un banal accident de ski qui le cloua sur un fauteuil pour le restant de sa vie. Il a eu de la chance, ce jour-là, de s'en tirer à si bon compte, c'est ce qu'on lui a dit, à Charles. Tout juste trentenaire, pompier et maqué, il perdit bien plus que ses jambes, ce jour-là. Mais il a eu de la chance, c'est ce qu'on lui a dit.

Maman a dit la même chose.

Ah bon ?? Me tais-je.

Avec un bémol toutefois. Maman, piètre musicienne pourtant, excelle dans les nuances musicales : *Si c'est pas triste, ça... Mais enfin, il s'en sort bien.*

Charles a les cheveux longs et le regard taquin. Il roule avec aisance dans l'unique pièce de son logis, vaste espace sans cloisons. L'unique porte intérieure est celle qui conduit à la salle de bain-wc. Quatre-vingt-dix centimètres de largeur, pour être conforme aux Normes Handicap. C'est ainsi que l'on désigne tout ce qui touche à ces vies hors normes. Formulé comme ça, ça peut paraître étrange, voire légèrement inapproprié, mais en vérité, le secteur du handicap, haut lieu de la différence et de la marginalisation, fonctionne avec des normes et des critères. Eh oui, il n'échappe pas à la société. Et formulé comme ça, même si l'expérience montre que c'est plutôt étrange, voire complètement inapproprié, on pourrait presque, oui, on pourrait, envisager cette adhésion aux réglementations sociales comme une forme d'intégration.

Ça fait beaucoup rire maman.

Et moi je ris aussi.

Tout est moderne et fonctionnel chez Charles. L'appartement s'ouvre sur un espace que l'on pourrait qualifier de vacant, tant il est vide de substance. Il s'agit avant tout d'éviter toute forme d'obstacle qui pourrait compromettre la mobilité de la personne handicapée. Alors il n'y a pas grand-chose. Près de la fenêtre ouvrant sur la rue, côté droit, se trouve un lit largeur cent-vingt qui fait face à une télé posée sur un banc TV. Une large table basse est disposée contre le mur. Pas de banquette inutile, le fauteuil fait l'affaire pour une vie assise. Face à l'entrée, au fond, l'espace cuisine, avec son plan de travail couleur crème soixante-cinq centimètres de profondeur, quatre-vingts de hauteur, les normes handicap, toujours, agrémente le vide ambiant.

Moderne et fonctionnel.

Rien d'autre. Les gadgets d'une vie, Charles s'assoit dessus, si on peut dire.

Dans un souci d'optimisation de sa mobilité, et donc de son autonomie, il évolue avec aisance dans un présent épuré et dégagé de tout encombrement du passé. Evidemment, quand on ne conserve rien, on a de suite beaucoup plus de place.

Pour quoi faire ? Me demandais-je un jour.

Comme je suis un *g.c*, je lui ai pas posé la question. Surtout parce que je suis gentil, en fait.

Mais si un jour je deviens con, ce qui fait partie des probabilités à prendre en compte, des potentiels accidents de la vie au même titre qu'un chute de ski, je la lui poserai, la question.

Charles était le fils aîné d'une fratrie composée de trois garçons. Joyeux bambin dynamique et malicieux, jeune homme studieux et sportif, bel amant fougueux et attentif, pompier volontaire dès l'âge de dix-sept ans, puis professionnel, la passion du métier, des autres, l'engagement, le service, tout ça tout ça, la panoplie parfaite pour habiller l'existence de sa plus belle vêture. La fierté des parents comblés de bonheur, modestement émerveillés et un brin déroutés, quand même, d'avoir été à l'origine d'une telle perfection.
Quand les progénitures se cognent au mur et croulent sous les échecs, ratages et dérapages, on balance toujours les parents, toujours, et qui ils sont, et qu'est-ce qu'ils font, qu'est-ce qu'ils z'ont fait, qu'est-ce qu'ils z'ont pas fait… Alors quand tout roule au-delà de toute espérance, on peut aussi les impliquer un peu, non ?
C'est ce que maman dit.

Moi, j'ai pas d'enfants. Alors là, je sais pas. De par mon expérience, je suis pas sûr que les parents aient une si grande responsabilité dans le devenir de leurs enfants. Tout en sachant l'incontournable influence de l'affect, qui conditionne à coup sûr leur devenir. C'est paradoxal. Donc forcément ça complique les choses. Moi, quand c'est compliqué, comme je suis con, c'est elle qui l'a dit, je me tais et j'écoute ce que maman dit.

C'est bien pratique la connerie.

Pas si bête, en fait.

Le bonheur exemplaire de Charles rejaillit sur toute sa famille, comme un soleil dont les éclats réchauffent les âmes et brûlent les peaux. Une telle perfection, c'est suspect.

Effrayant même, si l'on y pense. Y a tant à perdre. Alors quand l'accident survient, l'existence vacille dans la pénombre. Pour toujours. Et le malheur brutal éclabousse la famille entière, comme un soleil brisé dont les éclats lointains assèchent nos âmes et calcinent nos peaux.

Au feu, pompier.

C'est fini.

C'est fini pour toujours.

Pour toujours.

Et aucune larme n'éteindra jamais le feu du désespoir.

Aucune larme n'éteignit jamais plus le feu du désespoir.

Du renoncement.

Du détachement.

Quand la vie est ainsi grièvement blessée, mais qu'elle persiste, on a coutume de la scinder en deux. Il y a un *avant* et un *après*. Une sorte de *deuxième* vie, incongrue, inattendue, qui prend le relais de celle qui s'est achevée, mais qui subsiste. Qui résiste. Une sorte de deuxième chance. Sur un coup de malchance.

Charles n'eut ni deuxième vie, ni deuxième chance. Il mourut sur le coup sous le joug du sale coup de la vie. Et c'est tout. L'être qui fut ressuscité dans un hôpital privé de Suisse portait son prénom, et c'était tout. Rien de ce qui constituait son passé n'avait survécu au drame. Ses frères le fuyaient, ses parents, tétanisés de désespoir et rongés par l'impuissance, devinrent de maladroits aides-soignants, puis de pathétiques étrangers. Le malheur, c'est tellement plus impactant que le bonheur. Il se répand comme un virus incontrôlable, tandis que le bonheur, dès qu'un huluberlu tente de le partager, il le fout en l'air.

Le fauteuil à larges roues et repose-pieds rabattables envoya valdinguer le bel amant fier et fougueux, le jeune pompier engagé et ambitieux, pour accueillir cet étranger aux jambes flasques et distordues, dont le combat de la vie se réduirait désormais à parvenir à accomplir seul les gestes basiques du quotidien. Se nourrir, se vêtir, se laver, se lever, ah non, pas se lever. S'élever peut-être.

S'élever, quand on est en position assise, ça reste un potentiel.

J'ai toujours connu Charles cloué dans son fauteuil et suis incapable de le concevoir autrement qu'ainsi. Il n'a de handicap que la désignation sociale et tous les attributs physiques découlant de sa condition. Mais sa pensée fourmille d'idées brillantes, tout aussi inutiles que lui et moi, et qui n'ont même pas le mérite d'exister, puisque de toute façon, il n'y a aucun mérite à exister. Mais pour le *g.c.* que je suis, je me contente d'idées inutiles, du moment qu'elles m'intéressent.

Son intelligence est intacte, son enthousiasme contagieux. J'aurais aimé formuler ceci de manière inversée, mais ce ne serait pas vrai. Alors…

Le fauteuil de Charles est un modèle *sport*, c'est comme ça qu'on dit, *vraiment,* et le tragi-comique de cette appellation devrait susciter une *esclaffade* générale. Mais quand on est poli, on adopte juste un air contrit, au pis-aller, on sourit, en signe d'acquiescement. Genre, *c'est cool, super matos*. Et le fait est que, grâce à ce modèle tout en souplesse et maniabilité, Charles parvient à tourner sur ses deux roues pendant près de dix minutes top chrono. Moi j'en ai la tête qui tourne et le rire virevoltant.

J'aime beaucoup Charles.

Je crois qu'il aime beaucoup maman.

Elle n'a rien dit de ça.

C'est pour ça que…

Mais elle aime bien Charles aussi. C'est un discret, il ne parle pas de lui, de lui *avant*. Maman a dit que c'était respectable ce silence, ce silence pudique, admirable même.

Aahhh ???... M'étranglai-je sans bruit des mots que je ne prononçais pas. Et qui forcément se coincèrent dans ma gorge encombrée de non-dits. Alors pourquoi Arthur… ?

D'ailleurs, elle a ajouté sans malice et avec grand sérieux : *Qu'est-ce que ça peut faire, de toute façon, c'est mort tout ça. Et puis qu'est-ce qu'on en sait, au fond, t'as vu une photo, toi, de lui avant ? En uniforme, en couple ? En famille ? Non. Y a rien. Aucune trace. Aucun souvenir. Rien. Alors qu'est-ce qu'on en sait, même, si c'est vrai ?*

C'est pas faux.

Premier étage

Irène habite le vaste appartement du premier. Quatre-vingt-dix mètres carrés dédiés à une vie de famille qui appartient désormais au passé. Une superficie depuis longtemps déjà usurpée par la solitude de la femme, unique rescapée de l'embarcation familiale qui a débarqué mari et enfants en d'autres lieux.
Elle reste à quai, Irène, tandis que la jeunesse tonitruante largue les amarres pour aller squatter l'horizon.
La vie.
C'est la vie.

C'est tout le sens de la vie d'une mère, il parait. Mettre au monde des petits êtres, les faire grandir et les voir partir.

C'est la vie.

Il parait.

Irène est la seule à ne pas quitter le port.

Gardienne de phare, au cas où l'un fasse naufrage.

Quatre-vingt-dix mètres carrés répartis en plusieurs espaces. Un hall d'entrée, un salon-salle à manger, une cuisine, trois chambres et une salle de bain. Derrière la lourde porte d'entrée modernisée par la serrure *trois points* conforme aux normes en vigueur, mais dont les moulures désuètes trahissent l'ancienneté, se trouve le hall. Petit mais accueillant. Dégageant immédiatement une atmosphère chaleureuse. Une console laqué blanc au design épuré est agrémentée d'un bouquet de fleurs séchées aux couleurs délavées, disposé avec grâce et simplicité dans un large pot en terre cuite. A ses côtés est posée une lampe sur pied qui projette discrètement une lumière tamisée autour d'elle.

Immédiatement à droite, la cuisine. Pas très grande, mais fonctionnelle. Etirée en longueur jusqu'à une large fenêtre surplombant une cour intérieure dont l'accès s'effectue par l'immeuble de ville de la rue parallèle, la rue Queneau, numéro 11 et dont l'usage est par conséquent strictement réservé aux habitants de cet immeuble. De fait, l'utilisation de cet espace extérieur fluctue en fonction des occupants des trois appartements du 11 rue Queneau, un jour peuplé de jeux d'enfants, le lendemain rempli de vignes vierges et quelques végétaux qui végètent. On en est plutôt aux lendemains, et même si Rosa, résidant depuis des lustres au rez-de-chaussée du 11 rue Queneau, s'évertue à arroser trois misérables pétunias quand ça lui chante, et quand ses jambes qui ont tant de mal à rester debout sous le poids des ans, pliant sous le fardeau du temps, la propulsent jusque-là, cela est devenu bien tristounet. Même le lierre a du mal à s'accrocher…

L'avantage, c'est que c'est calme.

C'est maman qui le dit. Pas que c'est calme, ça, tout le monde le sait, mais que c'est un avantage.

Alors… Ne dénigrons pas les courettes abandonnées par les rires d'enfants.

Même si.

Même si le temps se fige dans l'agonie du passé.
Même si la mort se glisse dans les fissures de l'instant.
C'est la vie. Le dimanche de la vie.

Face à l'entrée, un long couloir sombre dessert les trois chambres, deux à droite, côté cour, dans le prolongement de la cuisine, et une à gauche, côté rue. C'est celle d'Irène. La chambre parentale où elle git chaque soir dans un lit trop grand, mais où elle a ses aises. On s'habitue assez facilement à l'espace en trop, au point qu'on a du mal à se priver de ce surplus. C'est bien pour cette raison qu'Irène conserve ce logement trop grand, inutilement spacieux par rapport à ses modestes besoins.

Les deux autres chambres, autrefois attribuées à ses enfants, un garçon et une fille, sont transformées. L'une est travestie en chambre d'amis, avec une banquette-lit *clic-clac*, une penderie remplie de linges divers et inutiles, quelques jeux de société entreposés sur l'étagère du haut, inaccessibles, on ne joue donc pas chez Irène, et la literie destinée à la banquette-lit *clic-clac* pour un ami improbable ou les enfants de passage, ce qui est plus probable. Une table basse sur un tapis aux motifs orientaux et à l'odeur des mondes lointains ; une étagère Ikéa huit cases modèle *Kallax* posée à l'horizontale et assortie de huit paniers de rangement en osier. Quelques tableaux des mondes ailleurs, un rideau occultant, violâtre comme le sang d'une pieuvre, et une guirlande lumineuse qui fait le tour de la pièce, comme on fait le tour du monde. J'ai toujours aimé l'ambiance zen de cette pièce. Le voyage intérieur.

Côté cour.

J'y ai trouvé refuge souvent, y ai épanché quelques chagrins, elle a essuyé quelques larmes. Que je n'ai pas pu retenir parfois.

Pourtant, j'essaie.

Et elle, elle sait.

L'autre chambre transgenre est devenue bureau. Elle est tout à fait différente. Un vaste plan de travail inclinable posé sur deux tréteaux à hauteur modulable en est l'élément central.

Irène dessine.

Principalement des visages. Un mur entier est totalement envahi de ces figures aux traits immobiles et aux yeux fixes qui semblent observer tout

ce qui se passe dans la pièce. C'est-à-dire rien. En fait. Face à eux, sur l'autre mur, deux bibliothèques Ikéa modèle *Billy* les observent sans relâche. Elles sont remplies de livres de toutes sortes, des romans sentimentaux d'une époque révolue, l'immortelle *Rebecca*, et aux côtés de Daphné du Maurier, Konsalik, Cronin, Guy des Cars, et même Barbara Cartland. Un nombre impressionnant de romans policiers de la collection Masque. Et des tas de livres de maintenant, des Musso, des Lévy, des Grimaldi, au début elle était fière, Irène, elle croyait que c'était de la famille du prince de Monaco, mais non, alors après, elle était fière de savoir que c'était pas quelqu'un de la famille du prince de Monaco, malgré le piège tendu du patronyme identique et portant à confusion. Elle a même de ces trucs qu'on appelle *feelgood*, elle est à la page Irène, quand elle tourne les pages, et elles se tournent vite ces pages-là, elle aime bien ça, Irène, c'est pour le bien-être.
A Christie sur Ponge-Vian, on ne rigole pas avec la littérature.

Elle a de la culture, Irène, en toute modestie, tout en se gargarisant de savoir des trucs que pas tout le monde sait.

Au fond du couloir, face à l'entrée, la salle de bain avec les wc. L'unique pièce noire de tout l'appartement. C'est plutôt petit, mais c'est suffisant pour Irène, qui est d'une génération où l'on ne s'attarde pas en ce lieu consacré à l'hygiène.

Et à gauche du hall d'entrée se situe le séjour, vaste et lumineux avec ses trois grandes fenêtres à double vitrage qui donnent sur la rue Montaigne. Une banquette d'angle qui exhibe son confort, une table extensible sans ses rallonges, encerclée de quatre chaises. Un buffet bas deux portes deux tiroirs, un meuble télé surplombé d'un écran géant. Quelques objets de décoration disposés çà et là.

C'est joli chez Irène. Tout est fait avec goût, avec charme, ça a le parfum du passé saupoudré d'un zeste de modernité.

C'est joli. C'est propre et pratique, avec cette touche personnelle qui fait tout le charme et l'attrait du lieu.

Ce n'est pas pour éviter de parler d'Irène que je communique autant de détails sur son appartement. Non. C'est parce que parfois les lieux parlent plus de leurs habitants que tout ce qu'on pourrait dire sur ces derniers. Et si je vous décris avec autant de précision et d'application l'appartement de ma voisine du premier, c'est pour que vous ayez une connaissance réelle de son atmosphère. J'ai passé beaucoup de temps chez Irène. Depuis mon enfance, ma jeunesse. Le lien familier qui nous unit a été largement favorisé par l'amitié qui s'est nouée entre Irène et maman, au point qu'elles se murmurent des secrets, qu'elles se sont mutuellement confié les clés de leur appartements respectifs, *au cas où*. Au point qu'elles partagent même leurs larmes et leurs silences. Mais dès lors que j'ai surpris la confidence de maman à notre voisine, dès lors que j'ai été qualifié de *g.c*, je n'ai plus fait que passer devant l'appartement d'Irène. Tellement honteux de ce que j'étais censé être.
Incapable de supporter le secret qu'elle taisait me concernant.
Fuyant son regard pour ne pas deviner ses pensées.

Alors j'accroche à ma mémoire ce lieu qui me fut si cher. Pour pouvoir y pénétrer mentalement. Me glisser par effraction dans la douce quiétude de l'appartement du premier.

M'allonger sur la banquette-lit *clic-clac* de la chambre d'amis, river mes yeux dans le regard figé des visages dessinés, jeter un œil indiscret sur l'esquisse d'un visage inachevé.

M'accouder à la fenêtre centrale du séjour et regarder machinalement les gens passer en bas dans la rue.

Quand ils passent.

Je grave chaque détail pour m'incruster chez Irène.

J'essaie.

Sinon, Irène, elle a deux enfants voyageurs. Ce ne sont pas des pigeons. Non. Ils sont libres, eux. Libres de courir le monde, le parcourir, le découvrir. A quoi sert de vivre, sinon ? C'est ce qu'ils disent à leur mère, les enfants d'Irène. Ils veulent juste être heureux. Et le bonheur, c'est pas là.

Le bonheur, c'est ailleurs.

Irène, elle, voyage sur son frigo. Les yeux plantés sur les magnets qu'ils lui ramènent du bout du monde.

Le bout du monde, elle sait pas trop où c'est, Irène, elle y va pas, elle est pas très téméraire. Elle ne voit pas trop l'intérêt non plus, elle, le bout du monde, elle l'a tous les jours sur son écran aux multiples propositions. En grand format, en plus. Grandiose. Elle voyage sans bouger, plantée devant la chaine *Voyages*, disparue en l'an 2020, covidée peut-être ? Elle voyage immobile, plantée devant *National Geographic*, *Planète+* ou *Arte*. Elle zappe et change de destination quand elle veut, se déplaçant tellement plus vite que n'importe quel avion. Le mental a toujours une longueur d'avance sur le réel. Elle a fait dix fois le tour du monde dans sa tête, Irène.

Y a tellement d'ailleurs qu'elle ne saurait même pas où aller.

D'ailleurs.

Alors elle voyage avec ses yeux. Tous les jours, elle nargue le quotidien avec ses escapades mentales.

Parce qu'elle a des enfants nomades attirés par les mirages des mondes inconnus. Différents. Loin d'ici. Et elle s'évade elle aussi, elle qui ne se sent prisonnière de rien, elle s'évade pour être en osmose avec eux, pour ne pas perdre le lien. Pour l'harmonie des relations familiales.

Sinon, si elle avait eu des enfants sédentaires, enclavés dans une vie ordinaire, à Christie sur Ponge-Vian ou dans le coin, sûr qu'elle aurait plutôt regardé *Dynastie* et *Les feux de l'amour* et le film de la *Six* l'après-midi et *N'oubliez pas les paroles* en fin d'aprèm ou début de soirée. Le début ou la fin, c'est comme on veut, c'est aléatoire, un simple point de vue que la perception du jour modifie chaque jour.

Ce qu'elle a fait.

D'ailleurs.

Irène est veuve. Je n'ai jamais connu son mari. Il est mort tandis que leurs deux enfants étaient respectivement âgés de deux et quatre ans. D'un cancer foudroyant, c'est comme ça qu'on dit quand on ne dit pas qu'on meurt des suites d'une

longue maladie. Et la jeune mère s'est brutalement retrouvée seule avec deux jeunes enfants à élever. Ce qu'elle s'est appliquée à faire scrupuleusement, avec une attention et un amour exacerbés. Quand on n'est plus qu'un dans une vie construite à deux, on compense comme on peut le manque de l'autre. Pas toujours, mais elle, c'est ce qu'elle a fait. Du mieux qu'elle pouvait. Et je crois que ces deux gamins privés de père depuis leur enfance connaissent mieux l'absent, qui il était, qui il serait, que je ne me connais moi-même. Par l'amour d'une mère.
Bienveillante et disponible, voilà comment était Irène, comment elle est toujours, d'ailleurs.
Malgré le fait qu'ils soient ailleurs.

Elle n'a jamais vraiment eu besoin de travailler, grâce au patrimoine légué par ses parents prématurément décédés. J'ignore pourquoi on dit prématurément, d'ailleurs.
Parce qu'autant je peux concevoir une naissance prématurée, survenue trop tôt dans la mesure où l'être à naître n'est pas achevé, autant la mort me semble toujours arriver *à point*, au terme d'une vie

qui s'achève, quelle qu'en soit la durée. Forcément. Elle l'achève. C'est bien une vie achevée, alors ? Peu importe le délai, c'est fini et puis c'est tout. Et *à point* ne signifie pas *au bon moment*. Evidemment. Le moment n'est jamais bon. Evidemment.

Ou alors, c'est toujours prématuré, la mort, parce que finalement, qui peut prétendre, qui peut affirmer qu'une vie est terminée quand la mort la fauche ?

Peut-être qu'une vie ça ne s'achève jamais.

Peut-être qu'une vie, ça a toujours un goût d'inachevé. Le goût âcre et amer des choses qu'on n'a pas faites, des mots qu'on n'a pas dits.

Alors la mort c'est un peu comme l'horaire de *N'oubliez pas les paroles*. Un début ou une fin. Trop tôt ou à point.

Moi je n'oublie pas les paroles.

Parce qu'Irène, elle parle beaucoup. Et moi, je l'ai beaucoup écoutée.

Héritage. Les tragédies familiales créent des opportunités économiques parfois. Pas toujours, mais pour elle, ce fut le cas. Irène a tiré un bénéfice financier de la perte tragique de ses parents, tués dans un accident de voiture. La faute à personne. Même pas de quoi faire exploser sa rage devant l'injustice.

Mais qu'est-ce qui est juste ? Comment peut-on se leurrer à exiger une vie juste ? Il y a une vie et puis c'est tout.

Pour le reste, y a qu'à prier. Pour ceux qui savent. Sinon, se cogner la tête contre le mur de l'absurde. Et quand ça saigne, quand ça fait mal, trop mal, reculer. Prendre du recul.

C'est la vie.

Alors Irène, elle n'a jamais eu besoin de travailler mais elle a travaillé quand même. L'intégration. Être comme tout le monde. Enfin, ça, c'était valable à son époque, de nos jours, le travail n'est pas franchement le garant d'une harmonie sociale, c'est une pratique de plus en plus marginale, pour tout dire.

C'est maman qui l'a dit.

Et par voie de conséquence, comme je suis très attentif à ce que maman dit, j'ai parfois tendance à me marginaliser…

Irène elle, travaille en marge de la société, comme beaucoup d'entre nous. *Au black*.

Que l'on précise de suite, si l'auteur de ce récit accède un jour à une quelconque notoriété, probable qu'on supprime cette expression imparablement qualifiée de discriminatoire.

Puisque déjà on crucifie les romans d'Agatha Christie et d'autres. Le noir est interdit. Hors de question de parler de négritude, de noir, de black, c'est in-ter-dit. Offensant. Alors que moi, narrateur de ce récit, tu as remarqué, futé lecteur, qu'il y a ici une digression, une interruption dans la narration, du fait de mon intervention en tant que *moi-même*, qui stoppe la prise en charge de la pensée de Jessie, je disais donc, ah oui, moi, narrateur, que suis-je d'autre que le nègre de mon auteur ? En réalité… Fonction que j'assume, pire, que je revendique haut et fort.

Voilà, c'était juste pour prévenir du risque à venir. Du risque de censure des termes *blacklistés*. Si tant est que ce récit émerge un jour dans la société des hommes.

N'oubliez pas ces paroles, lecteurs engagés, défenseurs des droits d'auteur. Pas l'aspect financier, on s'en fout de ça, c'est si peu, si symptomatique d'une société qui se gausse à la gueule de ses raconteurs d'histoires, passeurs de mémoire, scribouilleurs de grimoires. Qu'elle transforme en mendiants des trottoirs.

Non, ça c'est l'anecdote, là on parle des droits d'auteurs en termes d'écriture. Non que l'on puisse écrire tout ce que l'on veut, je suis pas sûr de ça. Je suis pas sûr du contraire non plus. Mais écrire les mots justes me semble être un droit fondamental. Même pas. Me semble être un devoir fondamental.

Donc, pour en revenir à Irène, elle a travaillé malgré un patrimoine providentiel susceptible de l'en dispenser. Montrer l'exemple. Toujours. Autant que possible. Le pacte parental.
Enfant je t'ai donné ce que j'avais. Travaille.
C'est pas moi qui le dit, c'est pas maman non plus, c'est Léo, pas Léo le narrateur, lui aussi il s'appelle Léo, non, Léo le chanteur, le poète anarchiste, ça c'est maman qui le dit, c'est comme ça qu'elle l'appelle.
Jeune, Irène faisait des ménages. A droite à gauche. Et mettait l'argent gagné de côté. A gauche. Pour les loisirs des enfants, les extras.

C'est extra, c'est extraaa…

C'est maman qui fredonne.

Plus tard elle a continué, Irène, pas maman, maman, de souche raciste, ne se serait jamais compromise avec une quelconque activité colorée de noir, elle a continué Irène, limite marxiste, avec Le bon coin, puis Vinted. En osmose avec son époque.

Irène, c'est le genre de personne qui s'adapte à toutes les situations. C'est toute la sagesse de la femme ordinaire dont on ne voit que l'ordinaire, que le contour social. Sans éclat. Médiocre.

Maman a dit qu'on ne connaissait jamais véritablement les gens, qu'ils étaient toujours plus que ce que l'on voyait, qu'ils étaient souvent autre que ce qu'ils montraient.

C'est bien vrai.

Deuxième et dernier étage

    Et puis il y a maman.
Tout en haut.
Et moi, du coup.
Autant Irène représente un chapitre important de ma vie, d'où le format de la section et du nombre de pages qui lui sont consacrées, autant là, c'est plus rapide. Non que maman occupe une place mineure dans mon existence, pas du tout. Ce serait même tout à fait le contraire, car la mère, c'est une page qui ne se tourne jamais, un livre que l'on ne referme pas, une histoire dont on ne se défait pas. C'est plutôt que l'appartement, c'est approximativement la même configuration, donc ça va aller plus vite, la description.

Deux choses sont fondamentalement différentes entre les deux apparts. D'abord le palier. Etant situé au dernier étage, l'appartement dispose d'un très grand palier, dix mètres carrés environ, dont maman a la jouissance exclusive. Ce qui signifie que cet espace ne lui appartient pas, mais qu'elle en fait ce qu'elle veut. Et de fait, elle l'a aménagé et décoré à son bon gré. Une immense tenture représentant un mandala dans des tons ocre orangés couvre entièrement le mur de droite. Quelques cartes postales artistiquement punaisées à l'endroit, à l'envers, inclinées, toutes porteuses de paysages venus d'Orient, un Orient fabulé, à la fois mythique et mystique.
Fabuleux.
Jamais compris cette disposition, le sens de ces placements qui partent dans tous les sens.
Peut-être pour ça que j'ai du mal parfois.
Avec le sens des choses.
Un minuscule tableau en noir et blanc, quelques traits au fusain qui dessinent maladroitement un bouddha boudeur. C'est elle qui l'a fait, elle ne sait pas dessiner mais elle a dit que c'était pas important. Que c'était pas *l*'important.

Des pots de fleurs sans fleurs, où fleurissent des bouquets de bâtons d'encens non consumés. Parce que l'encens ça bon même quand on ne le brûle pas, surtout si on en met beaucoup, alors il y en a partout, quelques trois cents tiges multicolores dressées par grappes, aux senteurs veloutées et caressantes des mondes lointains.

C'est pas qu'elle n'aime pas les fleurs, maman. C'est juste que les fleurs, parfois, n'ont pas d'odeur. Alors elle détourne les codes, elle s'arrange avec le monde pour le reformuler à sa façon.

Le palier : ensemble hétéroclite qui contient tous les mystères de ma mère.

Une entrée en matière.

L'autre différence avec l'appartement d'Irène, c'est qu'ici, il n'y a que deux chambres. Au-dessus de la chambre-bureau de la voisine, nous avons, oui, tenez-vous bien…une terrasse ! Ce que l'on appelle communément une terrasse tropézienne. Ce qui m'a toujours amusé, parce que pour moi, une tropézienne, c'est une pâtisserie, un gâteau, une saveur sucrée… Ou une fille de Saint Tropez, naïade maritime, une demoiselle au goût du sel. Sucré salé.

J'ai testé les deux, et force est de constater que rien ne vaut la tropézienne de l'appartement de maman. Un havre de paix côté cour. Chez maman, on peut sortir sans sortir. Être à l'extérieur sans franchir le seuil de la porte d'entrée.
J'ai toujours trouvé ça magique.

Voilà la configuration de l'appartement de maman. Dedans, la déco est plutôt datée. Maman est plus jeune qu'Irène, et autant cette dernière s'est délestée du poids du temps pour créer une ambiance moderne, autant le logis de maman est empreint de la nostalgie du passé, d'une époque qui n'existe plus que dans sa tête.
Et dans la mienne.
Des meubles anciens en bois massif, parmi lesquels une immense bibliothèque accueillant plus de bibelots et de cadres photos que de livres. Une cuisine à l'ambiance séculaire, figée dans une décoration rustique où se trémoussent des caissons aux façades moulurées, chapeau de gendarme et boutons dorés. Un anachronisme frôlant la faute de goût, que maman corrige en repeignant régulièrement les meubles alignés, tantôt jaune ocre, tantôt rouge brique, tantôt vert olive, en fonction

de la tendance du moment. Elle ne sait pas peindre, maman, mais elle dit que c'est sans importance. L'essentiel, c'est la couleur et le plaisir de la nouveauté. Et puis elle dit que c'est bien de changer sans changer, c'est comme sortir sans sortir.

Toute une philosophie de vie.

Actuellement, notre cuisine dégage une atmosphère de douce sérénité. L'an dernier, maman a repeint toutes les façades de meubles en bleu lavande, et a bombé tous les boutons dorés en blanc. J'aime bien. Je mets un gros bémol sur les cinq casseroles en cuivre qui pendent dans un alignement parfait et en toute inutilité, puisqu'elles ne sont pas compatibles avec la plaque à induction que la modernité préconise et dans laquelle maman a investi depuis plusieurs années déjà. Mais elle fait la sourde oreille. Les fausses notes l'indiffèrent, vu qu'elle n'est pas musicienne.

Pour tout dire, moi aussi.

Je me fous éperdument de ces cinq casseroles qui se balancent au-dessus de l'évier.

On s'en balance, c'est vrai.

La chambre de maman, côté rue Montaigne, respire la vieillerie. Pas la vieillesse. Pas encore. Un édredon ivoire aux contours brodés, gonflé comme un chagrin trop longtemps retenu, couvre son lit à baldaquins, personnage principal d'une pièce où tout se tait, résidu d'une vie de froufrous et de princesse.

Il est inconcevable que maman soit une femme. Puisqu'elle est ma mère.

Je ne pénètre jamais dans sa chambre. Les quelques incursions que j'ai pu y faire n'ont jamais été que mentales. Et quand, enfant, à cause d'un cauchemar récalcitrant ou d'un besoin soudain de tendresse, j'ai commis l'infraction d'entrouvrir la porte entrebâillée, je n'en ai jamais éprouvé autre chose qu'un grand malaise. L'intrusion dans l'intimité de cette femme, que je ne peux envisager comme telle, puisqu'elle est ma mère, était tout simplement impossible. Non qu'elle s'y opposât elle-même. Pas du tout. Mais elle ne m'invita jamais véritablement à pénétrer cet espace, le seul de l'appartement qui lui est entièrement, exclusivement consacré, qu'elle ne partage qu'occasionnellement avec des hommes à la sentimentalité nomade.

Incapable d'audace, je suis sagement resté à ma place. Sur le seuil. Parfois hésitant, trépignant, mais incapable de franchir cette porte entrebâillée, jamais complètement fermée. Impossible de faire un pas. Le premier pas.

Elle a totalement respecté ma timidité. Se gargarisant fièrement auprès de qui voulait l'entendre, lors de mes années d'adolescence, de la discrète pudeur de son garçon. Son gentil con. *Ah, il respecte les filles, lui… Oh ça oui…Et depuis toujours.*

Tu n'es pas une fille, maman, tu es *la* mère.

Le gamin timoré ne s'aventure pas dans les univers féminins où vivent les mères. Il est l'éternel expatrié de ces lieux interdits, ces lieux réservés aux filles.

Jessica aurait ouvert la porte à grands fracas, se serait jetée avec enthousiasme sur l'énorme édredon gonflé à bloc pour l'écraser de tout son poids. Et maman aurait ri aux larmes et se serait vautrée à ses côtés dans le confort douillet d'un édredon qui me gonfle, qui me gonfle. Toutes deux seraient affalées sur le dos, essoufflées de respirer le

bonheur. Elles s'apaiseraient, jambes ballantes, pendant dans le vide, et bras écartés au-dessus de la tête, les yeux rivés au plafond, l'esprit rassasié de joie, regardant sans le voir le monde à l'envers. Elles s'endormiraient, même, repues de bien-être.
Je suis pas Jessica.
Je suis le fils timoré. Le dégonflé.
Y avait qu'à.
Et non.

Je n'ai pas de père. Je sais bien que, techniquement, c'est impossible, y a forcément un spermatozoïde qui a brisé, de manière fortuite et malencontreuse, l'intimité de la femme qui, de fait, devint ma mère. Mais ce phénomène chimique, cette fusion, ne m'a pas octroyé deux parents, de même que cette prise de possession du corps de la femme qui, de fait, devint mère, ne confère pas à cette dernière un compagnon pour la vie.
Maman a dit que l'amour ne suffit pas pour une vie à deux.
Qu'est-ce qui suffit ? Me tais-je.
La réalité est souvent bien plus anecdotique que philosophique ou psychologique. La réalité, c'est

que je suis le fruit d'une relation extra-conjugale d'un homme qui, ni ne me connait, ni ne me reconnait.

J'ignore si maman a éprouvé un quelconque ressentiment, une infinie déception, un immense désespoir, un sursaut de colère ou une vaine frustration. Elle ne parle jamais de ça. Elle ne parle jamais de lui.

Je n'ai pas de père. C'est un fait.

Maman n'a pas refait sa vie, on ne refait jamais sa vie, la vie se poursuit et puis c'est tout. C'est bien assez. Elle n'a jamais exprimé le regret de n'avoir pas eu d'autres enfants, n'a jamais souhaité avoir un autre enfant.

Je lui suffisais.

C'est ce que maman a toujours dit : ma naissance, mon existence la comblaient.

Pourquoi, moi qui écoute toujours ce que maman dit, pourquoi ai-je tant de mal à intégrer cette donnée ? Pourquoi est-ce que je ne crois pas *ça* ?

Maman m'a élevé seule. Elle a mis tant d'application à mon éducation, mon épanouissement, que je lui voue une infinie gratitude. Elle m'écoute avec attention, me parle avec douceur, guide mes

pensées et stimule mes envies. Elle fait tout ce qu'elle peut pour moi.
Mais pas d'affection, jamais.
Pas un mot, pas un geste. Son amour est spirituel. Ou virtuel, je sais pas.
Certaines choses ne se disent pas. C'est ce que maman dit.

Ma chambre à moi est à côté de la tropézienne. Elle n'en a ni le bleu de la mer ni le goût du sucre, mais elle est mon domaine, mon espace de vie, et quel que soit son aspect, son aménagement, j'y suis bien. J'y suis toujours bien.
Maman a accommodé ce lieu à l'air du temps. Autant sa chambre à elle est figée dans une déco intemporelle et immuable, autant la mienne s'est harmonisée au fil des époques à l'évolution des tendances et des styles. L'ameublement fut blanc, puis noir, ou encore ultra moderne avec des meubles en fer aux contours alu. Les murs se sont parés de tous les motifs enfantins dont l'imagination des mères s'empare pour favoriser l'épanouissement du petit être en devenir, que deviendra-t-il, celui-là ? J'ai grandi entouré de pochoirs

de lutins, d'animaux sauvages, des soucoupes volantes pathétiquement collées aux murs et qui tentaient vaguement de s'en détacher. J'ai même eu toute la famille de Barpapapa. J'ai dormi, rêvé, pleuré, joué, avec Barbidouille, Barbouille, … et Barbamamaaa !!! Puis l'adolescence s'est emparée des murs et les a engloutis sous des tonnes de posters et de graffitis chargés de révolutionner le monde. Comme à chaque génération.

Après les mièvreries enfantines dont elle affubla mes murs pour contribuer à mon bon développement, elle accepta mes élucubrations avec sagesse. Et résignation. Sagesse, donc.

Rien n'est plus digne que l'expression, dit-elle.
Il faut dire. Toujours. Dit-elle.
Ahhh ?! Toujours mais pas tout, c'est ça ?
Je ne parviens pas à comprendre la nuance, à cerner la limite, la frontière du silence, ligne invisible entre les mots que l'on prononce et tous ceux qu'on ne dit pas. Qui existent, pourtant.
Je ne comprends pas mais j'essaie.
G.c.
Tout le sens de ma vie.

Aujourd'hui, ma chambre est sobrement vêtue de murs blancs, une couleur hors du temps. Rien n'est plus vide que le blanc. Cette fadeur est rehaussée de meubles en bois clair. C'est sobre et discret. A mon image.

Un peu con-con aussi.

Mais con-con, ça s'harmonise bien avec l'atmosphère gnangnan de la chambre de maman.

Quelle importance, tout ça.

Maman, en vérité, se soucie peu de déco et d'atmosphère. Ce n'est pas comme cela qu'elle existe. Bien sûr, quand elle va chez Irène, ça lui file des envies, des envies d'améliorer son propre habitat, de le faire tout mignon, bien pratique, et tout ça. Alors elle fait quelques petits aménagements qui la satisfont vaguement. Mais au fond, elle s'en cogne de tout ça.

Ce n'est pas là qu'elle existe.

Maman n'a nul besoin de soumettre le monde à ses propres désirs. Elle s'adapte avec une facilité déconcertante à tout ce qui ne lui convient pas, accueille en souriant les différends, et transcende les regrets pour les optimiser.

La preuve : moi.

Sunman

J'avais un ami.

Nous nous sommes connus en classe de quatrième, à l'âge de treize ans, et sommes restés inséparables de nombreuses années.

Jusqu'à ce que…

Jusqu'alors, ma vie entière était vouée à satisfaire les attentes et désirs de ma mère, elle-même se consacrant avec une application jamais relâchée à mon épanouissement personnel. Ainsi mon existence se déroulait, en toute quiétude, sous le sceau de la banalité. L'école, la maison. La maison, l'école. Mes camarades de classe ne se transformèrent jamais en amis, ils furent des compagnons de jeux, des distractions au désœuvrement. On subissait la classe et on se défoulait dans la cour. Bien sûr, le temps passé ensemble créait des liens. Être ensemble nous occupait. Ça faisait passer le temps. Mais nos relations ne franchirent jamais la grille de l'école. Nous fûmes tour à tour des alliés ou ennemis, selon qui remporterait la partie de billes ou qui esquiverait l'attaque de l'équipe adverse au ballon prisonnier. Solidaires lors d'exposés portant, comme de tradition, sur tous les détails futiles de la vie des hamsters, depuis leur capacité visuelle jusqu'au fonctionnement de leur système digestif. Ou sur les inutiles combats des hommes contre la déforestation, des hommes contestant ce qu'eux-mêmes initient. Il existait entre nous tous cette espèce de lien, de fraternité qui s'instaure en dépit de nous-mêmes quand on partage un quotidien identique, une sorte d'émulation à vivre la même vie.

Et, bien que peu concernés par la responsabilité, si peu aptes au changement et à l'engagement, tant nous étions enclins à la paresse de la vie telle qu'elle est, nous avions néanmoins, dans notre quête du Graal scolaire, le pompon de la note, appris notre leçon. Par cœur. Sans cœur, mais par

cœur, ce qui nous permettait de régurgiter ce que l'on attendait de nous. Alors, nous débattions avec ferveur sur la déforestation.
« La nature est un temple… »

Aucun de nous, pourtant ne s'y recueillait.
La faute à l'enseignement. Nous n'avons reçu aucune éducation religieuse. Ce n'est pas du domaine public.
La religion, c'est confidentiel. Alors un temple…
Hors des lieux de culte et domaines sacrés de toutes obédiences, maman s'est fait un devoir de m'enseigner les fondamentaux de la vie d'homme.
L'éducation.
Depuis toujours, elle a tenu à m'initier à toutes sortes de sentiments et de postures que les défaillances de la vie des hommes sollicitent. Tolérance, respect, empathie, justice. S'ouvrir aux autres et tenter de les comprendre. A défaut, accepter les différences.
S'adapter.
L'adaptation est sans doute la première posture nécessaire pour la vie en communauté, c'est ce

que maman a dit. Une incontournable et absolue nécessité pour s'épanouir parmi ses semblables.

L'adaptation est le socle de la prise de conscience et de l'acceptation des différences entre les individus et, en cela, elle est la force de l'homme social. Mais c'est aussi le plus grand risque de faiblesse. Le risque de se perdre. A trop vouloir s'adapter aux autres pour vivre ensemble, on peut aller jusqu'à nier sa propre identité.

C'est maman qui le dit.

Mes plus grandes leçons éducatives furent des invitations à la tolérance et à la découverte.

Alors…

J'ai vu *Rainman*.

J'ignorais tout de ces identités parallèles, inadaptées au monde tel qu'il est, à moins que ce ne soit le monde lui-même qui fut incapable de compréhension et d'adaptation.

Le doute, c'est maman qui l'induit.

Sa méthode éducative. Super efficace.

Tandis que mes yeux sont rivés à l'écran, il pleut dans mon ventre, là où les émotions nous étripent.

Des larmes de révolte impuissante, le soubresaut

d'un chagrin qu'aucune humanité ne peut consoler.
It's raining man…

A la rentrée de quatrième, je me suis trouvé assis à côté de celui qui allait devenir mon ami. Mon premier ami. Les élèves, regroupés par affinités, s'étaient précipités pour conquérir les premiers rangs. Très vite, il ne resta plus qu'un bureau, au fond de la classe. C'est là que nous atterrîmes tous les deux. Unis par la contrainte. Plus tard, j'expliquerais à maman que j'avais délibérément choisi le dernier rang. Pour avoir une vue d'ensemble sur mon environnement. Cela me permettait de le maitriser. Il était absolument hors de question que des personnes soient positionnées derrière moi et fassent des trucs dans mon dos. Je m'y refusais absolument.
Ceci allait complètement à l'encontre des principes de maman, qui n'ignorait rien des valeurs attribuées aux premiers et derniers rangs, la place des têtes de classe et celle des cancres. Mais elle a écouté mon point de vue. Mon mensonge.
Et n'a rien dit.

Mon ami était un petit brun rigolard et rondouillard, objet de moqueries que son physique peu avantageux attisait.

Mais, curieusement, on le laissa tranquille. Sa joie de vivre, ce mystérieux enthousiasme pour les choses de la vie, cet engouement jamais démenti pour les bonheurs de l'existence, et sa façon de balayer d'un vague geste de la main tout ce qui serait susceptible de contredire cette exaltation, forçaient le respect. On ne le comprenait pas. Alors, on l'admirait.

Il fut le premier à projeter un faisceau lumineux sur la trajectoire de mon existence. Mon rayon de soleil. *Sunman*.

Il s'appelait Florent Maman.

…

Si.

C'est pas une blague.

Et c'est ce que nous crûmes tous, quand il se présenta à nous pour la première fois. Nous fûmes tant frappés de stupeur devant un patronyme d'une telle inconvenance, impossible à formuler, ni même à assumer, que nous oubliâmes d'en rire. Convaincus que c'était lui qui se moquait de nous.

Et quand il fut avéré que le nom de son père était *Maman*, nous nous tûmes, envahis par cette espèce de timidité maladroite que la gêne occasionne parfois, doublée de sidération. Tant c'était inconcevable.

Les professeurs eux-mêmes étaient incapables de l'interpeller. Impossible pour eux d'appeler *Maman*. S'ensuivirent pléiades de réunions et concertations avec le chef d'établissement et tous les membres du personnel. Motif : discrimination. Résultat : dès cette année-là, l'établissement dérogea à l'appel et la désignation des élèves par leur patronyme. Nous devînmes des prénoms. Dépourvus de lien parental. L'on supprima également les initiales, pour le même motif discriminatoire. On ne pouvait décemment interpeller Florent M., Jacky P., Lilas N., Véro Q et Jessica K. Les sons Aime, Pet, Haine, Cul et ca-Ca ne pouvaient nous être infligés comme marque identitaire. Alors, pour distinguer ceux, nombreux, qui portaient le même prénom, nous fûmes numérotés. Lilas 2, Jacky 9, Isa 26 et Florent 14. J'étais le seul Jessie de l'établissement. Je ne portais pas de numéro, à l'instar de quelques autres. Tout au plus aurait-on pu m'affubler du numéro 1. Mais être seul ne signifie pas être le premier. Pas du tout. J'étais unique. Au fond de la classe.

L'abolition des noms : un petit pas pour la communauté, un grand pas pour l'égalité. Dépouillés de leur patronyme, les prénoms étaient notre uniforme. Et il n'y eut plus ni fils du maire ni fils de pute. Ni fils de promoteur ni fils de personne.

Nous n'étions rien d'autre que nous-mêmes.

Des personnes.

Prometteur.

Sunman, lui, écarquillait les yeux en manifestant son incompréhension.

Je m'appelle comme ça. Et alors ? J'y suis pour rien, c'est pas moi qui ai choisi. C'est la faute à personne, c'est comme ça. Qu'est-ce que ça peut faire… Vaut mieux ça que Merde ou Conchier ! C'est pas si mal en fait. Quand on y pense…

Sunman. La sagesse incarnée derrière le détachement face aux choses que l'on ne contrôle pas. Pourquoi se cogner contre l'immuable ? S'infliger des blessures qui n'ont pas lieu d'être. L'immuable, c'est du béton, c'est comme la foi, c'est

inébranlable. Mieux vaut ne pas s'y frotter. Pour ne pas s'écorcher. Comme la foi ?
Ma foi…
Sunman. Mon *Rainman* à moi. C'est simple, les choses.

Les années passèrent et un jour maman a dit que ce n'était pas si simple. Les choses. Sunman et moi passions tout notre temps libre ensemble, occupés à d'infimes loisirs qui nous satisfaisaient pleinement. Nous marchions, en ville, en campagne, nous allions au cinéma, nous lisions côte à côte, nous réfléchissions à deux et pouffions de rire à chaque soubresaut du monde. Déjà déçus sans être aigris encore, presque battus sans être abattus pour autant. Nous ne refaisions pas le monde, comme il est coutume de dire lorsque jeunesse se passe… Nous nous contentions d'en observer la défaite. Et la jeunesse passe…

Maman, qui, instinctivement, approuvait le lien fraternel qui m'unissait à Sunman, principalement parce qu'elle ne pouvait aller à l'encontre des principes éducatifs qu'elle m'inculquait, commença à manifester une certaine gêne face à notre relation et à exprimer des réticences. Notre bonheur d'être ensemble et notre entente parfaite devinrent suspects. Ainsi, de vagues insinuations en remarques douteuses, elle instaura un malaise entre nous.

Deux garçons… Ensemble… Comme ça… Tout le temps… Inséparables… Ça interroge… A vos âges…

A vos âges, on traque les filles, on a les yeux qui crient braguette, le cœur qui chavire devant un chemisier à fleurs, la main qui tremble d'effleurer une chevelure soyeuse. C'est ça qu'on fait quand on est jeune. Il faut prendre un peu de distance les garçons… Il faut penser à vous…

La nature est un temple où de vivants piliers
Laissent parfois sortir de confuses paroles…

J'avais autre chose à faire que plonger mon regard dans l'art floral de la féminité. J'avais un ami et cela me comblait. Cela me préservait aussi des traquenards amoureux que la vie me tendait, dans l'ivresse d'une jeunesse non consommée, et où je devinais, déjà, que je ne serais rien de plus qu'un appât. Un de plus. Je remettais à plus tard la défaite amoureuse. L'amour, c'était comme le travail, c'était pour plus tard.

Jessie, tu sais, je veux pas dire, mais…

Vas-y, balance, dis quand même, je sais bien que, formulé comme ça, tu t'apprêtes à dire ce que tu ne veux pas dire. Tandis que tu pourrais juste te taire. Et les choses seraient si simples alors…

Deux garçons… Comme ça…Tu crois pas que… Que vont penser les gens ? Qu'est-ce que tu crois qu'ils pensent ? Franchement ? Ben oui, ça se fait pas, d'être toujours ensemble, comme ça. Comme un couple.

Ça y est c'est dit. J'ai rarement, voire jamais, vu un couple ensemble, c'est une espèce en voie de disparition, non protégée de surcroît, donc ça relèvera bientôt du mythe, le concept de couple. Aucun couple, sauf dans les mondes imaginaires, comme *Titanic*, n'est à la hauteur de l'osmose de notre amitié, à Sunman et moi. Il y a toujours un moment où ça fait naufrage, un couple.

Mais voilà, c'est dit. Comme une symphonie dissonante, un opéra à quatre sous, un minable spectacle à deux balles, où la tension monte crescendo. *On va vous prendre pour… des… des… des… z'homosexuels, si ça continue. C'est pas moi qui le pense, mais mets-toi à la place des gens, franchement, tu penserais quoi, toi ?*

Rien. Je penserais rien, moi. C'est qui, les gens ? Je ne suis pas à la place des gens. Je suis à ma place. Quoique. Non. Apparemment. Chacun sa place. Mais où ?

Tu ne peux pas continuer comme ça. Ça intrigue. Ça questionne. Ça met le doute. Les gens vont se faire des idées. Ils vont parler.

Ou se taire. En général, ce genre de choses, on en parle en secret. On se tait, donc.

Tu comprends ? Jessie ? Les amis, c'est bien beau, mais bon, il faut passer à autre chose, maintenant.

Je suis un *g.c.*, je comprends pas toujours ce que maman me dit. En l'occurrence, là, je ne comprends pas. Et cette fois, j'*g.c.* même pas.

C'est ainsi que peu à peu, ce lien qui me fit découvrir le miracle du partage et de la connivence avec l'un de mes semblables, cette vibrante amitié qui nous pousse dans nos derniers retranchements en traquant la moindre confidence, ce bonheur fut mis à mort par la convenance. Notre amitié, sans être en cause, ne résista pas à la force de cette dernière, rouleau compresseur de la liberté. Elle s'effilocha au fil du temps, au fil des ans, comme un manteau bien chaud devenu haillon. Assistant, impuissante, à sa propre déconvenue.

A vingt ans, Sunman et moi étions devenus de timides étrangers l'un à l'autre. Non seulement ce qui existait n'existait plus, mais le pire était peut-être que parce que cela n'existait plus, cela niait le fait même que ça ait existé un jour. Nous nous croisâmes quelquefois, un contact de surface auquel on est pressé de mettre fin, tant il est dissonant, une symphonie discordante que l'on a hâte de ne plus entendre. Même si l'écho…

Sunman. Florent Maman. Que l'on peut rencontrer assez souvent sur les bancs de la place Godot. A attendre quelque chose, quelqu'un, qui n'est jamais venu. Jamais. Et qui sans doute ne viendra plus. Jamais. Mais il attend quand même, dans sa misérable solitude. Assis sur le siège des rebuts. Point de chute des reclus.

It's raining man
Allélouia
Je cherche un temple
Où gisent des milliers de paroles…

Correspondances

Elle entre à pas de loup dans la chambre maternelle dont la porte est légèrement entrebâillée. Les pieds nus effleurant le sol, s'efforçant de ne pas toucher terre pour accroître la discrétion de l'intrusion.

L'appartement est vide. C'est la première fois qu'elle pénètre dans cet espace qui n'est pas le sien, qu'elle ouvre cette armoire qui ne lui appartient pas, qu'elle touche ces vêtements qui sont ceux d'une autre. La première fois qu'elle ôte ses habits pour revêtir une robe longue à motifs fleuris, celle qui se trouve tout à gauche de la penderie. La première fois qu'elle se plante devant le grand miroir et qu'elle s'observe, rêveuse, parée de ce tissu ample, si doux et si léger, aux couleurs pastel, cette robe claire comme une eau de source, qui exalte sa féminité.

Ça coule de source, les choses, parfois.

Elle se maquille lentement, s'appliquant à compenser sa maladresse. Question d'habitude. C'est la première fois.

Elle reste longtemps, longtemps, face au miroir. Face à elle.

Se regarde et se découvre.

Pour la première fois.

Il est coutume de dire et de croire qu'on n'oublie jamais une première fois. Qu'elle demeure ancrée dans notre mémoire pour toujours.

Cela, elle l'ignore. Peut-être ne la retiendra-t-elle pas, cette fois-là, peut-être le temps l'emportera. Dans son souffle.

Mais elle est certaine d'une chose : la première fois, cela signifie qu'il y en aura d'autres. Être premier n'est pas être unique, c'est tout le contraire, c'est le signe d'une pluralité.

Et elle sourit au miroir, elle sourit à la promesse d'un avenir.

Vertige

J'ai trente-neuf ans. Je suis debout sur le toit du building de la société où j'assois mon règne derrière un bureau *king size* en bois d'acajou. Depuis quelques années déjà. Perché sur le rebord, les pieds en équilibre, un tiers dans le vide, deux tiers sur le muret. Un déséquilibre prudent.
Penché au-dessus du vide, je provoque la chute tout en lui résistant.
J'essaie.

Quand on est arrivé en haut, on a deux choix. On peut rester en haut, posé sur son trône. Voué à l'immensité de la solitude et à la vacuité du silence. Et on regarde en bas. Là où s'agite la masse humaine, à tous les étages de la vie. On penche la tête vers le bas et ça file le vertige. Ce vide. Ces milliers de mouvements humains que je n'atteins pas. Quand on est en haut, on ne peut que redescendre. Ou tomber.

Maman m'a dit de toujours regarder *droit devant*. Droit devant, c'est l'objectif, la ligne de conduite. Mais droit devant, il n'y a rien. Rien que le vide du ciel. Je m'obstine à concentrer ma vision sur ce vide sidéral. J'essaie. Droit devant, c'est l'objectif.

Ou alors on redescend. Quelles que soient les circonstances, quel que soit le délai, on redescend toujours de toute façon. Histoire de bien garder les pieds sur terre. L'apothéose n'est apothéose que parce qu'elle est suivie d'une chute. Violente. Vertigineuse. Sinon, l'impulsion, la dynamique insufflée par l'ascension, l'orgasme sismique provoqué par le paroxysme ne seraient qu'un simple sursaut au détour d'une aspérité.

C'est sûr, en haut, on plane.

Comme un avion sans ailes…

La bouche ouverte, le souffle court, les sens brouillés, les cheveux embrouillés, la pensée en bouillie, l'esprit confus et le geste saccadé, le cœur exalté et apaisé. Le sommet ça décoiffe, ça dézingue, ça exige et ça assoiffe.

Mais jamais ça ne contente. Jamais ça ne *me* contente.

Bien sûr, en haut, on plane.

Comme un avion sans elle…

Pas très longtemps, l'effort m'a coupé les ailes.

Pas très souvent, je ne suis pas très endurant.

L'altitude, ça altère le cœur et ça détraque les neurones. C'est maman qui l'a dit. Je n'ai jamais trop su à combien de hauteur elle avait grimpé dans sa vie. J'étais bien trop pudique pour lui poser la question, ou trop craintif de sa réaction peut-être, ou trop lucide, sans doute. Perchée au troisième étage du 3 rue Montaigne, elle avait probablement atteint le point culminant de son existence. Ce que je savais, par contre, c'est qu'elle m'avait *élevé*, c'est ainsi que l'on formule, de manière à ce que je ne m'élève pas trop, justement. Une manière de me garder auprès d'elle. Un geste d'amour. Ne pars pas.

Ce fut sans doute pour cette raison que, dans un élan fou d'émancipation, loufoque résidu de mon adolescence renfrognée, l'esprit rebelle planqué dans un coin, un recoin de ma chambre, derrière ma docilité de façade, je me consacrai, quelques années plus tard, avec un acharnement frôlant la débilité, à tout mettre en œuvre pour aller plus haut. J'avais trimé comme un barge sur mes études de commerce, d'autant plus difficiles que je n'éprouvais aucun intérêt pour ce domaine favorisant les interactions économiques et sociales, deux aspects de la vie humaine dont je me contrefichais totalement.

Mais je m'accrochais aux branches.
Pour voler de mes propres ailes.
Comme *un avion sans elle*.
Je n'avais pas d'ailes.

J'étais arrivé tout en haut, au trente-neuvième étage du building de la société où je m'assois sur mon rêve derrière un bureau en bois d'acajou format *king size*. Coincé dans mon caleçon taille XS. Calbar motif jungle et ananas *freegun*, pistolet libre en français, c'est pour ça je pense qu'on le formule en anglais. D'abord parce que la liberté ne se trimballe pas dans les entrejambes masculins, plus propices à l'asservissement qu'à l'émancipation, ensuite parce qu'on n'est pas toujours prêt, ni même apte à dégainer. J'avais bossé comme un taré pour mettre quatre sous de côté, pour payer un permis de rouler, ah ça, je me suis bien fait rouler, à acheter un truc qui interdisait tout dépassement des limites autorisées. Limites aléatoires comme le souffle du vent, incongrues comme la pluie au cœur de l'été. J'ai payé une autorisation criblée de censures.

Le commerce.

Pour payer quelques fringues, aussi, toujours les mêmes, plus celles qu'il faut avoir, un costume avec une chemise blanche, des chaussures vernies qui meurtrissent les pas. Pour pieds immobiles, donc. La représentation. Et même une cravate, sobre selon maman, sombre selon moi, quelle différence… Une simple lettre. *M*. Qu'on aime ou pas, c'est ce qui fait toute la différence, la cravate. Qu'on *M* ou pas. Et un manteau long, pour mettre par-dessus, en fonction des circonstances, ça fait bien. C'est pour cette raison que cela s'appelle un pardessus, peut-être ? Je n'ose poser la question, j'ai trop peur de passer pour un con. Qui est quand même le grade supérieur du gentil con.

Celui auquel je dois éviter de m'élever. J'ai besoin de l'alibi de la gentillesse pour supporter de passer pour un con.

Et passer pour un con, ce n'est pas être con. C'est quasiment une illusion. De fait, la subjectivité de l'appréciation est supportable, quoique douloureuse, ça pique et ça mord, c'est sûr, mais ce n'est pas meurtrier, non, parce que contestable. Par contre, l'objectivité d'*être* un con est insurmontable. Puisque je ne disposerais dans ce cas d'aucune ressource pour remédier à ce triste état de fait. C'est comme avoir un nez tordu ou un orteil en moins. Et encore, ça peut se rectifier, ça.

Mais il n'existe aucune chirurgie de la pensée. Même si l'on dispose de toute une littérature brodée de notices d'utilisation et de modes d'emploi des grandes thématiques de la vie : le bonheur, la digestion, le désir refoulé, la pensée défoulée, les mécanismes cognitifs qui font que tu penses comme tu penses, les gestes réparateurs qui défont que tu es comme tu es, la surcharge mentale qui te défie de penser, l'inénarrable état de méditation qui t'ordonne de ne plus penser.

Moi, sans notice explicative, c'est comme un montage de meuble Ikéa. Je suis paumé. Et comme je suis arrivé dans la vie sans mode d'emploi…

Un désastre.

Quand on est un *g.c.*, on ne se torture pas le cerveau à analyser qui on est, et pourquoi on est comme ci, pourquoi on n'est pas comme ça, pourquoi on fait ci, pourquoi on ne fait pas ça… Quand on est un gentil con, on a cette forme de sagesse qui nous pousse à être tel que l'on est, cette espèce d'adaptabilité à nous-mêmes.

C'est ce que je fais. C'est le meilleur alibi que j'ai trouvé pour être moi-même.

J'essaie.

Mais maman a dit qu'il fallait absolument se connaître soi-même.

Je sais.

Je me connais, tu sais, puisque je suis moi-même, répliquai-je dans ma tête.

Tout est dans les livres, a dit maman, qui prône le développement personnel avec la conviction des fanatiques. Personnellement, je ne développerai pas, mais je me méfie de tout ce qui a besoin de bruit pour s'exprimer.

J'irai voir Arthur, ai-je alors promis à maman en arborant un sourire lumineux destiné à l'amadouer. Je vais bien dénicher dans sa *boutique obscure* des ouvrages propices à mon épanouissement.

Elle a acquiescé sans grande conviction, approuvant la démarche plus que la promesse d'un résultat.

J'ai travaillé comme un noir, je crois qu'on ne peut plus le formuler comme ça, maintenant, pour dire qu'on a travaillé beaucoup, beaucoup, trop, c'est de la ségrégation, il parait. Ça me semblait une image frappante, importante, historiquement chargée de sens et donc à sauver de l'oubli, mais c'est pas bien. Il parait. Je dis quand même, parce que lorsque les images disent mieux que les mots eux-mêmes, cela me semble nécessaire de lutter contre leur disparition. Mais bon, pour dire, j'ai bossé tout ça, et tout ça, ce n'est même pas assez pour franchir les grilles du royaume Buzzati.

Maman a dit que c'était comme ça qu'on devenait un homme. En trimant. En roulant sa bosse.

J'ai roulé ma cabosse sur les départementales encerclant Christie sur Ponge-Vian.

Sur les routes sinueuses de l'émancipation.

L'émancipation infanticide.

Je ne suis pas devenu un homme. J'ai juste avancé dans l'âge, mais ça, ce n'était ni à force de travailler ni en accédant à l'autonomie quémandée par ma mère. C'était simplement parce que, le temps passant, … ben, le temps passait. Et incidemment, ou inévitablement, parfois c'est pareil, même si, à priori, c'est radicalement contradictoire, le sens des choses, sans doute, le temps a fait que j'ai grandi, que j'ai vieilli.

C'est comme ça que je suis devenu un homme. Par les circonstances temporelles et non par des postures existentielles.

Mais comme je suis un *g.c.*, je m'abstiens de démystifier l'accession à la maturité, la grâce de l'âge d'homme. Je me tais et j'écoute maman parler, elle, l'experte en expériences théoriques.

Je me conforme à l'incantation maternelle.

C'est aussi ça, la maturité.

Je suis sur le toit du building de la société où je m'élève.

Je suis tout en haut. A la verticale, je plane.

La bouche ouverte, le souffle court.

Les sens mouillés
Les cheveux dépouillés
La pensée en sursis, en sursis comme ma vie
L'esprit déchu et le geste saccagé. Le cœur rompu.
Le sommet ça épuise et je lâche prise
Et que la vie me contente.
La vie d'en bas. Ici-bas.

Une journée chez Arthur

Conformément à la prescription maternelle, je partis à la recherche d'ouvrages soigneurs spécialisés dans le bien-être. Je suis allé voir Arthur.
J'ai flâné des heures dans les odeurs boisées des étagères, dans les senteurs passées des livres sagement alignés les uns contre les autres, dans l'attente d'un lecteur. J'ai senti, touché, regardé, frôlé, effleuré la grâce de l'exploration et de la quête. J'ai informé Arthur qu'il me fallait absolument des livres de développement personnel, c'est maman qui l'exige, pour aller à la rencontre de moi-même. Pour mon bien-être. Pour un mieux-être. A titre personnel, Arthur ne développe rien, il lève les

yeux au ciel et pouffe d'un rire gras, une sorte de hoquet qui trébuche sur les mots. Arthur parle peu, il lit bien plus qu'il n'expulse le langage oral, alors souvent son élocution débute de manière un peu hasardeuse. Il a besoin de se racler la gorge avant d'éructer les premiers mots. Après ça va, une fois qu'ils sont expulsés dans le monde, ces premiers mots, le flot linguistique se déverse. Plus rien ne le retient. Dès lors qu'il y a quelqu'un pour l'accueillir. Le recueillir.

Moi.

Arthur rit, j'adore ce type à la sensibilité si proche de la mienne. Je sais bien ce que maman a dit, ne pas prendre cet homme en exemple, mais qui dit affinités ne dit pas modèle, non ? Arthur n'est ni mon modèle ni ma référence, il n'est pas le quelconque substitut d'un quelconque père inconnu, dont l'absence n'aurait d'égale que la prétendue nécessité de sa présence. Eh non. Arthur et moi, on se ressemble, c'est tout. En toute discrétion. Et sans aucune filiation. En toute liberté, donc.

Alors quand je lui ai demandé des livres de bien-être, il m'a refourgué une dizaine d'ouvrages d'auteurs du siècle dernier. XXème siècle. Son siècle à lui.

Tiens, qu'il me dit, non sans fierté, et, si je sais bien décoder, avec un soupçon de défi, la littérature de l'absurde. *Tiens, prends*. *Des livres pour « être »*.

Ce qui, malicieusement, me remplit de bien-être. Tout en me demandant déjà, avec un brin d'inquiétude, comment je vais pouvoir justifier cette sélection auprès de maman, laquelle s'attend sans nul doute à me voir débarquer avec quelques accords toltèques, incontournables dans une vie d'homme, et quelques dix conseils pour booster l'estime de soi, vingt méthodes pour affronter les conflits, trente jours pour partir à la découverte de son *moi* profond.

Moi je m'extirpe des profondeurs spirituelles de mon *moi* si profond, enterré aux tréfonds de ma conscience, elle-même surplombée de couches de *surmoi*, d'inconscient, de subconscient, tous ces trucs-là, je m'extrais des profondeurs abyssales de l'identité inaccessible pour m'épanouir à la surface de moi-même. Histoire d'être un peu au bon endroit. Et de cerner, un peu, ce qui s'y passe.

De voir la lumière aussi. Ben quoi ?

Qu'est-ce que ça peut faire de s'enfoncer si loin dans les ténèbres de l'identité ? Quand on s'écorche la peau, on va pas analyser les couches de l'épiderme, non ? Le derme, l'hypoderme, l'ectoderme, les kératinocytes, et tous ces trucs que personne ne connaît ? Non on panse et puis c'est tout.

Là c'est pareil. Pas besoin d'analyser les strates de l'individu. On pense et puis c'est tout.

Je vais commencer par *L'insoutenable légèreté de l'être*. Recommencer plutôt. J'ai déjà lu ça, je l'ai déjà *éprouvé*, mais j'aime bien relire. J'ai remarqué qu'en relisant plusieurs fois le même livre, je n'en faisais jamais la même lecture. Parfois je suis déçu, il manque quelque chose, quelque chose que pourtant j'avais préalablement trouvé, ressenti, décelé. Et puis, je suis toujours fasciné de découvrir à quel point chaque relecture me fait l'offrande d'un nouveau livre.

Maman dit qu'il faut toujours lire de l'inédit. Développer ses connaissances et sa culture en explorant des textes inconnus.

Mais elle est plutôt perplexe et indécise en ce qui concerne la lecture répétée des mêmes livres. Dans le doute, elle accueille cette pratique avec tolérance, de manière, on va dire, positive, arguant que c'est que bonne chose d'approfondir. On s'enrichit.

J'approfondis que dalle, maman, d'abord quand je relis, c'est généralement que j'ai oublié ce que j'ai lu, n'en reste que la mémoire d'un agrément ou d'un désagrément, souvenir somme toute finalement bien plus physique que mental. En l'occurrence, *L'insoutenable légèreté de l'être*, je sais que ça m'avait marqué, mais je ne sais plus du tout de quoi ça parle précisément.

A quoi ça sert que ça marque, alors ?

Ben je sais pas.

Et j'*g.c.* pas de comprendre, vraiment, là j'essaie pas. A quoi bon ? Il faut bien admettre que les choses, parfois, n'ont pas de sens. Ou tout au moins que leur signification, leur importance ne perdurent pas dans le temps. A moins qu'elles ne se terrent sous des couches et des couches de *moi*, de *surmoi* et tout le bazar. Sous moi. Bien trop loin pour que je les atteigne.

Moi, je me couche.

Arthur sourit d'un air indulgent. Il acquiesce silencieusement à mes interrogations. *Lui il sait*. Et il explique :

« Ce n'est pas le souvenir qui compte, non, bien sûr, on ne peut pas se souvenir de tout, tout ce que l'on dit, tout ce que l'on fait, tout ce que l'on lit… C'est sûr. Mais est-ce pour ça que c'est inutile ? Non, bien sûr. Tu vois, Jess, la mémoire et l'oubli, on n'a pas trop la main dessus, alors c'est pas ce qui reste ou pas qui compte. Ce qu'on croit qu'on a conservé ou ce qui a disparu. On s'en fout de ça. Ce qui compte, c'est l'émotion. Ce qui compte quand tu lis, ce n'est pas nécessairement de quoi ça parle, c'est surtout *ce que ça te dit*. La littérature, ça ne se retient pas, ça s'éprouve. Comment veux-tu prétendre *être*, sinon ? La littérature, elle te façonne, elle te transforme. Elle te révèle. Ce qu'elle raconte, c'est rien d'autre que de l'anecdote, un prétexte pour arriver jusqu'à toi. Son alibi pour t'atteindre. Alors te pose pas trop de questions, mon ami. L'histoire, c'est comme une femme, n'essaie pas de la retenir. Même si elle échappe à ton souvenir, son empreinte est là, invisible et

indélébile, son parfum demeure, entêtant et évanescent, elle respire par tous les pores de ta peau. A ton insu. Elle est en toi. C'est ça, *être*. »
Je gobe les mots d'Arthur comme on gobe le plus sacré des mensonges.
Quand un homme parle peu, on a tendance à apporter une attention accrue à ses propos. Et à leur accorder une valeur parfois usurpée.

Arthur n'était pas causant. Il évitait les mots, ceux-là même auxquels il consacrait son temps, il les esquivait dès lors qu'ils entraient en contact avec une personne. Aussi, quand il me concédait quelques propos, je l'écoutais avec un respect quasi religieux, dépourvu de tout bon sens et accueillant toutes les contradictions. Sans commenter, sans rechigner, sans contester. Je buvais ses paroles, me soûlais de ses pensées. J'étais devenu, un ivrogne de la littérature. Je délaissais les grands crus pour avaler goulument tous les chagrins dont débordaient les livres interdits. Je goûtais aux cadavres exquis que les mots éparpillaient sur ma route, enlaçait les nuits illuminées d'énigmatiques poésies, pétillant d'alcool et de vie. J'étais assoiffé de sensations et je m'abreuvais aux sources des maudits. Parce qu'il m'apparut très vite que chaque lecture convenue est une déconvenue.

Fort de l'expérience d'Arthur, j'étais prêt à toutes les conquêtes littéraires.

Il arrivait que le bouquiniste, dans un excès de confiance ou dans un souci de transmission, engage la conversation. Ainsi, parfois, Arthur s'adressait à moi sur le ton de la confidence.

Il me parlait de sa vie, je lui taisais la mienne.

Ce qui en soi n'est pas un problème. Arthur a l'imagination si fertile qu'il a planté la semence de mes actes depuis bien longtemps. Et il a depuis bien longtemps décelé mes failles et percé mes silences. Alors, sans rien dire, je le laissais deviner ce qu'il savait de moi, je ne l'empêchais pas d'entrevoir mes cadavres dans le placard.

Il me parle de ses voyages. L'envol du mental dans des aventures qui épuisent une vie. Il voyage dans sa tête. Il a fait le tour du monde et ça ne lui a pas coûté un sou.

Il a fait le tour de tout.

Il a même franchi le mur du son pour se balader dans l'espace. De l'autre côté du silence. Dans les mondes fantasmés des univers inhabités. Oui, il a voyagé loin, Arthur.

Et sans trop ménager sa monture.

Il ne s'est pas vraiment méfié des déplacements en distanciel. Pas assez. Pas du tout. Résultat : il est épuisé ; vidé.

Il me parle des femmes. Lui qui n'en avait pas. Mais c'est peut-être dans la solitude la plus établie que la femme existe au-delà et en dépit de tout. Peut-être. Dans la vie trépidante de l'imaginaire, Arthur avait tant et tant d'amantes de papier, qui froissaient son visage au fil des ans, au gré du temps. Nul besoin d'aller s'abreuver ou s'assoiffer Place de La Fontaine et jouer aux amoureux de Peynet. Arthur n'est pas peiné. Il enlace sa belle, mariée ou pucelle, avec la même délicatesse, caresse avec tendresse le doux papier, comme on effleure la peau d'une femme.

Et se repait du simple bonheur de lire entre les lignes.

C'est ça l'amour. Lire entre les lignes.

Son cœur se gonfle d'ivresse contenue.

Il essaie de m'expliquer que l'amour n'existe pas. Je crois.

Il essaie de m'expliquer que tout est dans la tête. Que c'est la pensée qui tour à tour, à son gré et contre notre gré souvent, construit et déconstruit nos vies. Le sens de nos vies.

Ça, je l'ai bien compris.

La tentation

Je ne me suis pas jeté du haut du building. Un pied dans le vide, l'autre sur le muret. Les bras tendus vers l'avant, comme un aveugle qui chercherait sa voie, sa direction, main devant pour parer à l'obstacle. Une façon d'amortir la chute ? C'est possible d'atteindre un tel niveau de contradiction ? De solliciter une action et de s'en protéger ? Ben oui, c'est possible. J'imagine que quand on est parvenu à s'élever au plus haut point, tout devient accessible. Même le non-sens. C'était prévisible, même, il fallait s'y attendre. Quand on se situe à un tel niveau d'élévation, tout se joue au plus haut niveau. La connerie aussi.

Je m'efforce à l'équilibre en provoquant le déséquilibre.
J'invite la chute tout en la retenant.
Et me dis que ce n'est pas moi qui décide, c'est le destin. Ou le hasard. Les deux entités qui me dégagent de la responsabilité de mes actes. Une sacrée opportunité, hasard et destin. Main dans la main, ils œuvrent pour me dédouaner de tout.
Ce que je m'efforce de faire. J'essaie.
Je recule. La peur aussi. Je redescends. La tension aussi. Retourne dans mon empire. A l'abri de la tentation du vide.

Je contourne mon fauteuil *king size* où j'ai assis mon empire, effleure mon bureau trop grand en bois d'acajou, qui fit de moi un roi. Gonflé de l'orgueil de la réussite, la levure du Graal social, et saupoudré de quelques miettes d'humilité discrète et de timide modestie. Juste le bon dosage.
Mais moi, je ne sais pas doser ces choses-là. Je ne sais pas combiner un esprit cloué au trente-neuvième étage d'une vie aérienne et aseptisée avec une pensée vagabonde se faufilant au rez-de-chaussée d'une boutique poussiéreuse du 3 rue

Montaigne. Une pensée incapable de grimper les étages. Affalée au ras du sol, repue de toutes les misères et merveilles de la vie.

Je ne saute pas dans le vide. Je ne renonce pas à l'espèce humaine.

Je caresse le fauteuil *king size*, symbole d'un empire sur lequel je m'assois, Je m'éloigne du bureau de roi qui me va trop grand, comme un costume mal ajusté. Oh, je sais bien qu'on va me tailler un costume après ça, on prendra mes mensurations, moi qui me sens désormais tout petit. Si petit que j'ai déjà peur de ce que maman va dire.

Mais je suis un homme, alors je quitte le bureau. Quand on est un homme, on a le droit, le devoir même, de prendre des initiatives. Sinon, autant être une plante verte, ou de tout autre couleur, à la merci d'un tiers qui t'arrose. Ou pas. Qui t'aide à grandir. Ou pas. Je délaisse mon emploi hautement qualifié, hautement rémunéré, et j'irai arroser ça au comptoir de Céline, dès mon retour dans ma patrie. Cela fera peut-être pousser des fleurs dans ma vie aride, oui, cela mettra peut-être un peu de couleurs dans mon ciel blême. L'altitude, c'est pas fait pour moi. Je suffoque dans les hauteurs.

J'ouvre la porte de la grande pièce vide et silencieuse, me retourne sur ce néant qui m'a tant occupé ces quelques années, et que j'ai tant occupé aussi, et la franchis d'un pas hésitant, mal assuré. Eprouvant un léger malaise, comme un vague regret.

Mais un regret si vague que je l'ai presque oublié. Il n'y a que le premier pas qui compte. Qui coûte.

J'entreprends de redescendre les trente-neuf étages du building de la société qui m'a élevé. Autant c'est l'ascenseur social qui m'a propulsé vers le haut à toute allure, autant je décide aujourd'hui d'emprunter les escaliers de service pour entamer ma descente. Une façon d'arriver moins vite en bas. J'y vais lentement. Le pas tranquille. L'esprit serein. Plus je descends, plus ma pensée s'élève vers un monde nouveau, toujours le même, mais où, moi, je serai un autre. Je serai qui je suis. Celui que j'ai envie d'être. Celui que je pressens être. Celui que je *sais* être. Pas besoin d'en rajouter des couches. Les strates épidermiques des multiples du *moi*, c'est pas pour moi. Je serai *moi*, et puis c'est tout. Et tant pis si maman dit…

J'arrive en bas des trente-neuf étages. Direction la sortie. L'immense porte vitrée qui s'ouvre avant que tu n'en aies franchi le seuil, plus accueillante que n'importe quelle femme dont l'existence a pu croiser la mienne. Le miracle de l'automatisme, tellement plus gratifiant que l'humanité elle-même. La porte ouverte qui t'invite au départ, te *suggère* ton départ, comme chaque femme dont tu as habité l'existence.

Les gardes te saluent machinalement à ton passage. Peu importe que tu rentres ou que tu sortes, ils s'inclinent indifféremment dès lors que tu franchis la porte. Le désastre de l'automatisme, quand l'humanité, croyant atteindre le paroxysme de la perfection par l'irréprochable geste mécanique, dégouline de l'aveu de sa propre humiliation.

Je sors. Voilà.

Fini la posture de l'homme moderne, incarnation désincarnée de la réussite et de la puissance. Perché sur la plus haute des branches dans sa tour de verre et de lumière, à deux doigts de basculer, toujours, et se retenir, toujours, rester en place, bien en place, même si ce n'est pas sa place. Consacrer son temps, sa vie, son énergie à éviter la chute. Juché sur la plus haute des solitudes, tête baissée sur la vie qui grouille en bas, plus bas. Si près. Si loin.

Je vais rejoindre mon lieu de prédilection. Les bas étages, les pieds sur terre. Rivés au sol. La tête en l'air.

Je suis arrivé au bas du building. Je suis sorti. Voilà.

J'ai failli me foutre en l'air, enfin, en bas, plutôt, aujourd'hui, un jour, l'autre jour. Le jour où je me suis perdu dans l'immensité d'un ciel éclatant d'une brûlante solitude.

Il y a tant de monde en bas. Mes semblables. C'est quand on est en haut que tout bascule. Il n'y a qu'une seule façon de descendre. C'est de tomber. Se laisser tomber.

Laisser tomber.

Et rejoindre la ferveur humaine, pour que la vie soit supportable.

Quand tout sera réglé, cessation d'activité, rupture de contrat, indemnités, non, ça, je crois pas, quand tout sera définitivement achevé, je retournerai au 3 rue Montaigne de Christie sur Ponge-Vian. Au grand dépit de maman.

Parce qu'il faut bien dire que maman, si elle avait initialement été affectée par mon départ à l'étranger, en était rapidement devenue fière. Son fils unique, son *g.c.*, était parvenu à s'élever très haut. Dans le ciel. Avec les oiseaux, rapaces de toutes sortes. Elle était méfiante au début, elle pensait que beaucoup de gens s'élevaient uniquement en rabaissant les autres. Elle les appelait les *beaux parleurs*. Elle les identifiait par leur attitude arrogante, leur mépris à peine dissimulé derrière des airs condescendants. Offensifs dès lors que l'on titillait leur posture. Balayant l'air d'un geste de la main quand on contestait leur puissance, comme pour chasser un moustique cherchant à les piquer. Maman était pleine de préjugés qu'elle définissait comme de l'intuition, et mon ascension avait sérieusement ébranlé ses certitudes. Irène avait achevé de la convaincre en vouant une admiration sans bornes à ma promotion, mon ascension aussi spectaculaire qu'inattendue, et mon expatriation.

Un fils qui travaille à l'étranger, tu te rends compte… Il est loin d'être comme tu dis, tu sais. Il est loin d'être stupide. C'est quoi la bêtise, finalement ? La bêtise, c'est de la paresse, rien d'autre. C'est un type qui vit et qui dit que ça lui suffit. Mais Jessie, tu te rends compte ? Chaque matin il se lève et il se dit que c'est pas assez. Alors tu vois, si c'est pas être intelligent ça… Il faut le temps, c'est tout.

Et maman acquiesçait, songeuse, à l'exploit de sa progéniture.

Je devrai la persuader que ma démission n'est pas un échec, que mon retour au pays n'est pas une défaite. Je lui expliquerai que le système économique est un engrenage et l'ascension sociale un inutile leurre. Que l'argent que je gagne ne sert qu'à couvrir les frais que le fait de travailler engendre. Elle ne me croira pas, bien sûr. Moi-même, je ne peux, en toute honnêteté, gober une telle énormité. J'argumenterai autrement. Je dirai qu'il est inutile de gagner autant pour dépenser si peu. C'est déjà plus crédible. Donc inutile de dévouer ma vie entière au travail pour une rémunération qui dépasse largement mes besoins. Autant travailler moins pour gagner moins. Toutes proportions gardées, c'est la même logique.

Mad.

Maman a dit que j'étais fou.

Mais comme c'est le genre de chose qui ne se dit pas, elle a décrété que son fils avait fait un *burn out*. Depuis mon départ à l'étranger, maman s'était investie dans l'apprentissage de l'anglais, et toutes les occasions étaient bonnes pour exercer sa pratique. D'autant que c'était aussi une manière de me faire culpabiliser. Tous ces efforts à son âge et dans sa condition, pour un fils qui revient au pays…

Un *burn out*, ce concept moderne de l'homme excédé par son travail qui lui octroie une charge mentale bien trop lourde à porter, cela pour maman, c'est acceptable. Et c'est tellement en vogue, le *burn out*, qu'elle finit par trouver ça inévitable. Son fils, il excelle tant dans ses fonctions professionnelles, qu'il subit le contrecoup de son investissement. S'il était moins performant, cela n'arriverait pas. Mais il est brillant, alors… Alors un jour c'est trop. C'est plus possible.

On ne sait pas bien pourquoi ce n'est plus possible, mais on n'explore pas trop cette question-là. On risquerait d'être déçu.

Et dès lors que maman a dit que j'étais victime d'un *burn out*, elle a considéré que j'étais malade. La seule façon pour elle d'accepter ma régression sociale.

J'approuve d'un air à la fois désolé et abattu. Parce que son erreur, ou son leurre, m'est bénéfique et me procure un incontestable confort.

Irène, elle n'est pas dupe. Ne fait même pas semblant de l'être.

Combinaisons funéraires

Elle se précipite dans la chambre maternelle dès que la clé a tourné dans la serrure, signalant que l'appartement est vide. Une imprudence dont elle n'a pas conscience, tant son empressement est grand. Et si la porte s'ouvrait tout à coup, au prétexte d'un quelconque oubli ? Ce risque n'effleure pas son cerveau. Elle n'y songe pas, obnubilée par le désir fébrile de se parer à nouveau des vêtements de la femme qui a quitté les lieux. L'urgence du désir, qui vire à l'obsession. Et annihile toute pensée rationnelle.

Elle ouvre solennellement la majestueuse armoire débordant de tant de promesses, et fait courir ses yeux emplis de convoitise sur les dizaines de vêtements se frottant négligemment les uns aux autres. Elle sait qu'aujourd'hui elle dispose de plusieurs heures pour se glisser dans les secrets de son intériorité. Aujourd'hui, elle ne se contente pas d'une simple robe. Ce n'est plus un coup d'essai. Pas encore une habitude, non plus, mais aujourd'hui, elle a plus d'assurance. Plus de certitudes aussi.

Elle enchaîne les essayages, tantôt un pantalon fluide qui lui confère une allure élancée, particulièrement pratique pour prendre l'élan d'une vie nouvelle, tantôt un fin chemisier de voile et de dentelle, aux coutures apparentes, sur lequel elle brode son avenir. Contre toute apparence. Aux débuts timides succède une audace de plus en plus assumée. Un tailleur racoleur assorti de bottines divines. Un doux pullover à la pieuse odeur de monastère. Une veste légère qui appelle à la prière. Un teeshirt dont le décolleté provocateur fanfaronne comme une déclaration de guerre. Comme les combinaisons vestimentaires qu'elle expérimente, les mots railleurs tentent l'harmonie des sons. A Christie sur Ponge-Vian, la rime est légitime, ultime abîme, parfois, de la déprime.

Des formes, des couleurs, des matières, la belle affaire... Un sanctuaire dans le désert solaire. Et

l'incontournable robe noire, longue, moulante, fendue le long d'une jambe discrètement dévoilée, ligne de lumière où l'imaginaire se perd, dans laquelle les femmes resplendissent de leurs appâts mitrailleurs et aguicheurs.
Elle a du mal à l'enfiler.
Elle ose les dessous, des dessous qui la chamboulent, déshabillent sa pudeur, mettent sa pensée sens dessus-dessous. A la limite de la transe.

Elle s'étonne, elle se jauge. Face au grand miroir qui la dévoile. Elle se scrute. Satisfaite. Pas comblée. Pas encore. Il faut toujours plus.
Mais toujours plus, c'est pas assez.
C'est jamais assez.
Une jupe à volants, et elle vole, elle s'envole, l'âme extatique, elle tourne elle vire elle virevolte, elle tourne elle tourne elle tourne en rond. Elle a trouvé sa direction.
Et s'immobilise, essoufflée. Le cœur battant d'être ainsi parvenu à la conquête de soi.

Promenade avec Richard

Après un délai raisonnable consacré au *burn out*, c'est-à-dire un espace de temps suffisamment long pour légitimer cet état, quelques mois, je me suis mis en quête d'un nouveau travail. N'importe quoi ferait l'affaire. Je n'avais désormais qu'une seule ambition : être employé. Être un outil de production, à la merci d'un dirigeant perché au dernier étage d'une tour d'ivoire, bien à l'abri du monde, solitaire et décisionnaire. Remplir une fonction. Répondre à une consigne. Recevoir ma paye. Quoi que je fasse, quoi que je ne fasse pas. Aller la dépenser. Travailler pour subsister. Vivre, en quelque sorte. Le paroxysme du néant où l'on s'affaire pour se donner quelque chose à faire.

Ce type d'emploi courait les rues. On n'avait pas besoin de trop s'essouffler pour en attraper un. La plupart des gens visaient plus haut ou ne s'éternisaient pas dans ces postes peu appétents pour ceux qui veulent se goinfrer. Si bien qu'il y en avait toujours quelques-uns à pourvoir.

Je me retrouvais, sans grande originalité, employé de bureau dans une société de nettoyage. Un espace étriqué qui empêchait de voir les choses en grand. J'étais affecté à la gestion des commandes des produits d'entretien. La tâche accomplie, je disposais d'une quantité de temps libre indécent. Et rémunéré, qui plus est. Que je m'efforçais au début, par conscience professionnelle, ou par mauvaise conscience, c'est un peu pareil, d'utiliser à bon escient, par exemple en contrôlant plusieurs fois ce que j'avais déjà fait. Puis, l'inutilité supplantant assez rapidement la conscience professionnelle, celle-ci disparut au profit de la nécessité d'occuper le temps vide. Je fis ainsi un nouvel usage de mon téléphone, jusque-là stupidement cantonné à remplir sa fonction première, émettre et recevoir des appels, pour le transformer en terrain de jeu, salle de cinéma, source d'information. Je jouais au foot, marquait des buts sur l'application Lidl pour gagner un gel wc javellisé. J'aurais pu en piquer un au boulot, comme tout le monde, mais puisque je l'ai gagné honnêtement, ben je l'ai pas volé. Les choses sont simples, souvent. Pas besoin de voler si on a la possibilité d'acquérir en toute honnêteté. Un collègue m'a dit que quand tu jouais au scrabble tu choisissais ton niveau. Si tu veux gagner, tu choisis facile, si tu es ok pour perdre mais que la partie soit plus intéressante, tu choisis difficile. Je perdais toujours. Mais c'était intéressant.

Je faisais des puzzles. Avec les yeux uniquement. C'est spécial, le puzzle mental, une étrange concentration. Je regardais des films en streaming, en minuscule, j'assistais à des concerts, en spectateur, sans l'ambiance. La vacuité de ma tâche professionnelle avait développé chez moi, comme chez les autres, une irréductible addiction à cet objet qui contenait le monde. Et comme c'est le cas pour toute dépendance, je ne posais aucune question sur la pertinence de ma pratique du virtuel, sur son intérêt ou sa qualité. Je n'en étais plus là. J'étais addict et puis c'est tout. Pour compenser le vide abyssal de la réalité.

J'étais peu payé. Le minimum légal. Mais en toute sincérité, c'était bien trop pour ce que je faisais.

Souvent, je sortais en ville avec Richard. Nous allions au bar. Nous avions passé l'âge de refaire le monde, nous avions plutôt atteint celui où nous le défaisions. Sans concessions. Nous regardions nos vies, nous regardions même le regard que l'on posait sur nos vies. Pour mieux contester nos désirs repus, nos espoirs déçus, nos rêves disparus. Une mise en abîme qui nous filait le vertige.

Nous étions dépités, mais pas résignés. Je trottais à côté de Richard, dont l'enthousiasme dynamique me stimulait. Peu enclin à la solitude, malgré sa condition d'homme vivant seul, il s'en exilait à la moindre occasion et appréciait toute compagnie. Chaque opportunité de contact, il la saisissait comme on attrape le pompon du manège, à la volée, un peu au hasard et on se dit qu'on a de la chance. Ensuite, il s'adaptait. L'expérience de la vie, d'un passé sur lequel il s'assoit, d'un fauteuil qui le maintient à mi-hauteur des hommes. La bonne hauteur.

A ses côtés, je passe toujours un moment agréable. Avec Richard, tout roule.

Pourtant aujourd'hui il semble contrarié, d'humeur maussade. Il commence à râler contre le prix des navets, tu as vu comme ça a augmenté, non je l'ignorais, je n'achète jamais de navets, je sais tout juste à quoi ça ressemble, et rien que le nom, ça me gêne, un navet, pour moi, c'est plus un symbole de nullité qu'un légume à consommer. Alors…

Oui mais y a pas que les navets, tout, tout a augmenté, les artichauts, les bananes, tout. C'est pas avec ma pension que je vais m'en sortir. Il croit quoi, l'Etat ? Qu'un handicapé ça a pas besoin de manger ? Il a pas compris l'Etat, que l'handicapé, pour rester en vie, en posture de vie, il faut qu'il mette les bouchées doubles ?? Le handicap, c'est déjà l'anorexie de l'existence, alors il faut qu'on compense, qu'on la bouffe, la vie. Comment on va faire ? Hein ? Comment ?

Et sa plainte devient litanie. Tout y passe. Le prix de l'élec, celui du gaz, du café, du papier chiotte ou des housses de coussins réversibles, y a que les putes qu'ont pas augmenté leurs tarifs. Mais elles ont réduit la durée de leurs prestations, parait-il, donc c'est plus cher en vrai. C'est comme au supermarché, tu paies pareil mais l'emballage a diminué, le produit a été réduit. Tu te fais toujours baiser, ouais, c'est le cas de le dire, il s'enflamme Richard, il en a marre. En même temps heureusement qu'il a les putes, c'est ce que je lui glisse timidement, c'est la seule manière qu'il a trouvée pour avoir du sexe. Une vie sexuelle occasionnelle, sporadique et tarifée, mais qui le prend tel qu'il est, demi-corps, lui, l'ancien demi-dieu maqué, le pompier à l'avenir flamboyant. Parti en fumée. Il éteint le feu, aujourd'hui, Richard, de ses larmes qu'il ne verse pas. Il a peur soudain de ne plus s'en sortir, de ne plus y arriver, et moi je ne sais pas trop de quoi il parle précisément. Si c'est du coût de la vie ou de ce que la vie lui coûte. Il a peur de devenir pauvre, il s'irrite des plus démunis comme des plus riches, sacralisant les uns et diabolisant les autres. Il faut interdire la richesse, c'est pas normal tous ces gens qui s'enrichissent sur le dos des pauvres. L'anxiété de Richard devient politique. Effaré à la perspective de ne plus rien comprendre et soucieux de ne pas gâcher le plaisir de la promenade, je m'insurge.

Allez, Richard, tu sais bien, on ne peut pas mettre en opposition les riches et les pauvres. C'est pas parce que certains sont riches que les autres sont pauvres. Maman a dit qu'à condition qu'il n'y ait pas d'exploitation de l'homme par l'homme, on ne peut établir de corrélation entre richesse et pauvreté.

Et puis, tu sais, je vais te dire. Moi, de ce que j'en sais, de ce que j'en ai vu, et c'est pas moi qui parle, là, c'est mon expérience, les privilèges ne sont pas l'apanage des riches… N'importe quel smicard, s'il le peut, dès qu'il peut, usera de privilèges. Passera devant l'autre. Prendra à l'autre. Profitera de ce qui le sert. Même si ça dessert l'autre. N'importe qui, s'il en a l'opportunité, tire profit. En dépit de l'autre. Et même au détriment de l'autre. C'est une posture qui n'a rien à voir avec le niveau de vie. C'est un niveau d'humanité. Le plus bas. Là où tous se massent.

J'ai été riche et pauvre. Employé et patron.

Partout c'est pareil.

Ça le calme, Richard. L'expérience, ça se respecte, surtout quand c'est celle des autres. Il sourit. Ça l'amuse peut-être. Ça roule.

On se dirige vers la Boite Anouilh. Richard, cloué devant Netflix les trois quarts de ses journées et de ses nuits s'est pris d'une passion dévorante, obsessionnelle pour les Kdramas. Il en sait désormais plus sur la Corée, du Sud, je précise, que le Coréen lui-même. Il a couru dans les rues de Séoul, a plongé avec les *Haenyeo* de Jeju, a caressé des rêves insensés sous un ciel de cerisiers. Dans sa tête, il apprend même la langue de ce pays où il ne mettra jamais les pieds, enfin, les roues. A la fin de mon exposé ponctué d'un *t'es d'accord ?*, il m'a gratifié d'un *aniyo*. J'ai pris ça pour un oui. Mais ça veut dire non.
Ce soir il veut manger des *ramen*. Je réponds oui. Je sais même pas ce que c'est.

Il me parle de l'amour. Des femmes, plutôt. L'amour, il y a renoncé quand son corps a épousé le fauteuil. Un mariage forcé. L'amour, c'est du passé.
Il reste les femmes.
Et Richard aime les femmes. Même si ce n'est pas de l'amour. Même s'il prend plus qu'il ne donne. Il est tendre, Richard, c'est un sentimental,

surtout depuis qu'il a découvert ces Kdramas, ce peuple capable d'aimer d'un simple regard. Ça lui donne de l'espoir, même s'il a atteint depuis longtemps l'âge de la lucidité et du renoncement ; oui il espère, je crois, lui qui ne peut plus s'allonger sur le corps d'une femme depuis que la vie a éteint la flamme du jeune pompier, dont les sens s'embrasaient au doux contact de sa bien-aimée. Lui qui s'est couché sous les assauts des putes compatissantes, s'efforçant de lui rendre un peu de ce que la vie lui avait pris. Mais si peu. On fait comme on peut.

J'écoute son espoir douloureux, sa triste mélodie, qu'il libère en avalant ses *ramen*. J'écoute et je me souviens de l'avertissement maternel. Maman a dit que l'amour, c'est doux comme un papier cul trois épaisseurs. Mais une fois qu'on en a bien chié, ce sont des larmes qu'on essuie. Dans un langage prosaïque, mêlant vulgarité et poésie, la vulgarité pour appuyer le propos, provoquer un choc, et la poésie parce que c'est ce qui reste de l'espèce humaine quand elle est démunie de tout. Quand elle a tout perdu. Et maman, au loto de l'amour, nul doute qu'elle a tiré le mauvais

numéro. Alors elle m'avertit à sa manière des dangers des feux de l'amour, pour éviter que je ne me brûle les ailes.
Je ne suis pas un ange, maman…
Je hoche la tête en signe d'assentiment. Je ne formule rien qui puisse le contredire. Parce que l'espoir, même douloureux, même compromis, c'est toujours mieux que le désespoir sans appel.

On va marcher sur la promenade Moby Dick, histoire de digérer en se racontant des histoires. Le temps d'un soir, d'une confidence, pas très éloignée de la confession, Richard défie le présent, il devient le capitaine Achab, il est le maître à bord, le commandant du sort.
Et on finit invariablement au bar Céline, avachis sur le comptoir. C'est Line qui nous sert à boire et qui fait mine d'écouter nos déboires.
Deux paumés alcoolisés, grisés de leurs rêves grandioses, bien trop grands, brisés de la médiocrité que la vie leur tend, comme un piège qu'il fallait éviter, mais c'est raté.

Deux mendiants assoiffés de vie et qui boivent pour remplir le trou béant de leur existence. Et qui boivent sans soif. Sans fin.

Deux paumés au petit matin.

Revenus de tout.

Ne reste plus rien.

Ne reste plus qu'à rentrer chez nous.

Ça roule…

Au clair de la lune…

« *Tu ne sors qu'à la nuit tombée, comme les rats les chats et les monstres.* »[1]

Elle sort à la nuit tombée, comme… et les monstres. Veste chaude sur cœur tremblant, gants de cuir sur mains de velours, et bonnet bien rabattu sur les oreilles déjà glacées, elle s'enfonce dans le froid de l'hiver. Jamais encore elle n'avait eu l'audace de franchir la porte de la chambre maternelle pour se propulser dans la lumière noire du monde extérieur, à peine éclairé d'un fragment de lune et de quelques réverbères.

---

[1] *Un homme qui dort*. G. Pérec.

Mais l'on s'enhardit vite quand les secrets ne sont pas découverts. On se croit protégé. Encore un peu.

Elle arpente les rues désertes de Christie sur Ponge-Vian, sourire aux lèvres maquillées de rouge, ou maculées de sang, c'est pareil, c'est du même effet, regard de braise dont la noirceur se fond dans d'épaisses couches de rimmel. La nuit se fait facilement complice des excès que le jour, lui, dénonce, sans concessions.
Elle avance, le corps droit tendu de fierté et la tête légèrement baissée, inclinée de manière à éviter tout contact visuel avec un improbable promeneur égaré dans des rêveries solitaires. Une position symptomatique de l'ambiguïté de sa situation : être telle qu'elle est, sans être reconnue.

Sur un banc de la place Godot, elle distingue la silhouette un peu massive, un peu trapue, d'un homme immobile, figé dans le silence de la nuit. Dos courbé et tête relevée. Une posture sans doute aux prises avec son destin.
« M'asseoir sur un banc cinq minutes avec toi… »
Elle passe son chemin.

Complots de voisinage

Les yeux d'Irène

Irène me fixe d'un drôle de regard. Depuis mon retour de Francfort, chaque fois que l'on se croise, elle me dévisage lentement de la tête aux pieds, puis des pieds à la tête. Non qu'elle ne me toise ni qu'elle ne me scrute d'un air hautain. Non. Elle a toujours cette ébauche de sourire bienveillant qui se dessine spontanément quand on se rencontre, mais je sens que son regard s'est modifié. J'ignore ce qu'elle voit en moi, mais ça la gêne. Le regard fuyant, elle comble ce malaise par les paroles anodines des conversations futiles, celle qui ne disent rien, qui évitent de parler.

Ça va, toi ? Tu sors ? Tu as besoin de quelque chose ? N'hésite pas, hein ? Il fait un drôle de temps, oui. Un drôle de temps, vraiment, on ne sait plus comment s'habiller…

Des convenances qui ne sont là que pour camoufler le silence, pour dire ou se faire croire que tout va bien. Qu'on patauge dans l'ordinaire, et c'est très bien. Il est inconcevable de se croiser en silence, notre mutisme trahissant alors, selon les codes sociaux établis, un signe d'inimitié, un conflit latent, un reproche refoulé, un éventuel désaccord, ou une rupture avérée. Ne pas s'adresser la parole équivaut à ne plus exister pour l'autre.

Alors on parle.

Puisqu'on existe, les uns et les autres.

On parle.

Puisque…

Mais je sens bien le malaise, et, n'en connaissant pas la source, je ne sais comment y remédier. *Ça va, et toi… Oui je sors. Je vais à la boulangerie. Dis-moi si tu as besoin de quelque chose. Avec ce temps, pas la peine que tu mettes le nez dehors. Oui, t'as raison il est fou ce temps, c'est vrai qu'on ne sait plus comment s'habiller.*

Puis Irène plante ses yeux dans les miens. L'espace de quelques secondes. Le temps de dire *Je suis là, Jessie. Tu peux me parler. Viens boire un café. N'hésite pas*. Et elle ferme la parenthèse pour repartir dans ses babillages artificiels.

Boire un café, ça veut dire *viens on discute*. C'est plus une invitation à la confidence qu'à la dégustation.

C'est fini, je bois plus de café, Irène. J'ai arrêté la caféine, confessé-je d'un ton léger.

Je refuse ta proposition, donc. Ce n'est pas que j'ai rien à dire, c'est même tout le contraire, c'est juste que je suis pas capable de parler. Pas encore. C'est généralement quand on a des choses à dire que les mots se bloquent. Incapables de franchir le mur du son, ils se retranchent au fond des gorges nouées, cadenassées. Se blottissent en secret dans les replis des non-dits. Se tiennent chaud, bien à l'abri dans le gouffre du silence, pour ne pas grelotter de terreur. Et quand il y en a trop, ils s'étouffent. Echappent à l'asphyxie pour exploser en gerbes gigantesques, il y a tant à dire, d'un coup, une vomissure où fleurit le deuil.

Certaines paroles annoncent toujours la mort de quelque chose. Ce sont celles qu'on ne prononce pas.

Dépitée, Irène me dévisage à nouveau. Je lui adresse un sourire lumineux, pour me dégager de ce regard qui me poignarde et me transperce. *Mais je viendrai boire un coup, t'en fais pas, je viendrai.*

Pas encore.

Elle hoche la tête en silence. Un acquiescement sceptique.

Je la salue et dévale les escaliers à toute vitesse jusqu'à la sortie de l'immeuble.

De l'air, vite.

Les messes basses des bas étages.

Entre le rez-de-chaussée et le premier, je surprends des éclats de voix virulents et trépidants. Qui se transforment en chuchotements puis en mutisme à mon passage. Maman m'observe étrangement. Le sourcil relevé, le regard en coin, l'air intrigué, voire suspicieux, elle ne dit rien.

C'est mauvais signe.

J'ignore cette attitude inédite avec superbe. C'est-à-dire *l'air de rien*, comme si tout était ordinaire. Ne sachant pas de quoi je suis coupable, je fais l'innocent. Mais je vois bien qu'ils arrêtent de parler, tous, dès que je fais irruption dans le couloir. Que les femmes pépient, cela ne me surprend pas outre mesure, c'est habituel. Maman et Irène ne manquent jamais une occasion d'entamer la conversation, elles ont toujours des histoires à se raconter, une anecdote à commenter, un secret à révéler, une information à communiquer. Toujours. Mais Arthur et Richard, ça, c'est autre chose… Je ne suis pas sûr, d'ailleurs, d'avoir déjà vu Arthur se rendre dans le couloir, lieu vecteur de lien social par excellence, pour converser avec le voisinage. Même les plus catastrophiques des drames relatés au journal télévisé ne suscitent pas de commentaires de sa part. Rien, absolument rien, ne le détourne ni ne le distrait de ses mondes imaginaires pour l'emprisonner dans la réalité. Quant à Richard, son air jovial a laissé la place à une expression grave. Que se passe-t-il ?

Visiblement je suis concerné. Puisque l'on m'exclut. Que pourrais-je bien confesser pour m'introduire parmi eux ? Les messes basses, comme chacun sait, ça ne vole jamais très haut.

C'est le principe. Et ça fonctionne souvent par paires d'individus. C'est comme à l'église, finalement, des secrets inavouables balbutiés, confiés entre un pêcheur et un prêcheur. L'ultime confession dissimulée derrière l'intime conviction. On peut tout dire quand tout est tu. Les mots peuvent parler quand ils se savent réduits au silence.

Au 3 rue Montaigne aujourd'hui, ça prêche à tout va, ça prêche la bonne parole. Sauf que le pêcheur c'est moi. Et je ne connais pas l'histoire qu'ils se racontent.

Mais quand je vois maman qui me toise comme ça, de haut en bas, avec un air dubitatif et circonspect, je me dis que ça parle du *burn out*. Cet épisode dépressif devenu un feuilleton, et dont les saisons n'en finissent pas de se succéder. Comme *Les feux de l'amour*. Irène a bien du mal à cacher sa gêne. Richard soudain se met à parler d'autre chose, autre chose que quoi, je sais pas, mais autre chose c'est sûr. Il a l'œil malicieux et le verbe volubile. Il *fait semblant*. Quant à Arthur, il retrouve sa maussaderie habituelle, il lève les yeux au ciel, enfin au plafond, mais le plafond, dans les mondes imaginaires, ça perfore le ciel et ça libère tous les soleils. Il a raison, Arthur, de regarder en l'air. Il hausse les épaules. Une attitude qui affiche son indifférence magistrale quant aux messes basses. Nul doute qu'il a été convoqué dans le couloir à titre informatif uniquement et qu'après une courte politesse sociale, l'écoute, il tourne le dos à des propos dont il se fiche éperdument. C'est pour ça que maman a des réserves.

Maman a dit qu'il faut se méfier de ceux qui se contrefoutent de la réalité, parce que la réalité, y a quand même que ça de vrai. Et la littérature n'a rien de tangible, elle est une déviance par rapport au monde, une trajectoire falsifiée.

C'est maman qui le dit.

Arthur écoute à peine ce qui se dit. Il tourne le dos à la conversation et regagne sa boutique. Mais l'autre soir, je l'ai surpris en train de discuter avec Richard. Assis sur la troisième marche de l'escalier, pour être à la même hauteur que l'homme en fauteuil. A hauteur d'homme. Les pieds joints sur la première marche. Comme un adolescent qui a oublié les clés et ne peut pas rentrer chez lui.

Les deux hommes m'ont souri et m'ont invité, d'un geste, à m'asseoir à leurs côtés. Ce que j'ai

fait. Nous nous sommes installés dans un silence allié, chacun perdu dans ses pensées.
Personne n'a rien dit.

Qu'est-ce qui se passe ? Quémandé-je.
Maman plante ses yeux dans les miens, comme on plante un couteau. Dans le dos. Et tout mon être saigne de ce regard mitrailleur.
Elle m'assène ces trois mots, qui lui ressemblent si peu, et qui signent sa défaite : *je sais pas*. Des mots qui lui vont si mal que ça me gêne pour elle. Pas embarrassée pour autant, d'ailleurs, elle les énonce avec la même conviction que ses plus grandes certitudes.
Mais alors si tu sais pas… Pourquoi dire ?
Pour savoir.
Je suis incapable de déterminer si l'ignorance est un échec ou une victoire. Si elle est une lacune ou une opportunité. J'ai beaucoup de mal à me forger une opinion qui ne se référerait pas aux paroles de maman. Qu'il s'y oppose ou qu'il y adhère, mon avis a besoin de cette source pour s'abreuver.
Ce qui ajoute à ma confusion.

A l'incompréhension de ce qui se trame autour de moi s'ajoute la confusion que l'ignorance provoque chez moi.

Je suis mal à l'aise.

Flagrant délit

Elle sourit au miroir, attentive à l'image qui lui fait face. Ce portrait d'elle-même, sans fard ni travestissement, exige paradoxalement un maquillage excessif et des vêtements dérobés. Toute l'ambivalence et la contradiction du genre humain, qui se réfléchit dans un jeu de miroirs.
Devenir celle qu'elle n'est pas, c'est tout ce qui lui reste pour exister.
Alors elle se transforme, elle s'observe, se familiarise avec cette nouvelle version d'elle-même. Elle accepte.

Son sourire se fige face au miroir dont le reflet joyeux, soudain, se brise. Derrière elle, dans l'entrebâillement de la porte, que dans un sursaut d'audace, elle a délibérément omis de fermer complètement, il y a maman. Il y a l'œil horrifié, terrifié, tétanisé, incrédule de maman. Et le silence. Un silence si violent, si fort, qu'il bruisse dans ses oreilles, à lui déchirer les tympans. La stupeur prend possession du corps maternel par étapes : paralysie, tremblements, fuite. Maman n'échappe pas au lieu commun et, après un temps indéfini d'immobilisme muet, se détourne et détale, gestes hagards, dans une espèce de hoquet sanglotant, soubresaut de tout ce qu'elle n'a pas dit, pas encore. Sur le palier, ses hurlements résonnent et alertent Irène, qui accourt. A son rythme, celui que son âge lui impose. Aussi vite qu'elle le peut, ce n'est pas si rapide, ça laisse le temps… Quelques minutes pour gravir quelques marches.

Et quand les deux femmes pénètrent dans l'appartement, l'une soutenant l'autre, je sors de ma chambre.

Demande d'asile

Le chaos maternel n'a pas duré très longtemps. Beaucoup moins que le chamboulement du *berne out* que ma chute avait provoqué. Et probablement parce que, contrairement à ce que maman a dit *il faut du temps pour aller mieux, il faut se laisser le temps, il faut laisser le temps au temps, ça va passer, avec le temps*, mais rien ne passe à part le temps et le temps passe, et plus il passe, plus ça s'incruste en soi, oui, alors, allant à l'encontre des paroles maternelles et de tous ces prétextes à deux balles pour *ne rien faire*, moi j'ai œuvré pour mettre un terme à sa douleur au plus vite.

L'épisode initial a été géré par Irène. Incapable de prendre moi-même en charge la crise de maman, je n'y ai joué qu'un rôle de figurant.
Irène a immédiatement allongé ma mère sur la banquette. Lui a passé un gant tiède sur le front. Maman ne se calmait pas. Son corps entier s'agitait sporadiquement. Elle marmonnait des propos à peine audibles, noyés de larmes et de douleur. Je me dressais debout devant elle, dans un état de nervosité mal contenu, pieds nus, torse nu, vêtu d'un simple pantalon de jogging. Mais les deux femmes avaient d'autres préoccupations que celle de se formaliser de ma tenue, laquelle, dans un autre contexte, aurait été jugée indécente. Je bredouillais que j'étais désolé, oui, vraiment désolé de ce choc que maman avait subi, non je n'ai rien vu venir, bien sûr que non, j'ai bondi hors de ma chambre, tardivement affolé par le brouhaha assourdi par la musique hurlant dans mes écouteurs. Irène s'efforçait de me rassurer, m'enjoignait de me calmer moi aussi, tandis que maman, tour à tour me scrutait et se détournait. Depuis que j'ai passé l'âge de la puberté, elle éprouve une certaine gêne à regarder mon corps nu. Elle a

beaucoup de mal à m'envisager comme un homme.

Je tenais maladroitement un verre d'eau, dont maman n'avait que faire. Irène a pris les choses, en l'occurrence le verre, en main et est parvenue à lui faire ingurgiter quelques gorgées. Ce qui a semblé l'apaiser, un peu.

Et c'est là que la litanie de maman a commencé. Un long gémissement qui nous faisait frémir tous les trois. Une plainte lancinante comme une lente agonie, qui s'est étalée sur les heures, les jours, les semaines, s'incrustant en nous à la manière d'un refrain obsédant. Toujours la même rengaine.

Jess… Oh Jess… Non. C'est pas possible. Jessie. C'est impossible. Mais je l'ai vu, pourtant je l'ai vue. J'en suis sûre. Jessie…

Placide, je finis au bout de quelques jours par attirer Irène à part et lui lâche le morceau : *Maman a dit qu'elle a vu sa fille. Elle a vu Jessica dans sa chambre. Elle en est convaincue.*

Irène m'a dévisagé d'un air effaré. Sceptique. Suspicieux.

Evidemment.

Quelques jours plus tard elle était convaincue.

Je martelais à maman que ce qu'elle prétendait ne pouvait être vrai, et que rien n'était plus tangible que la réalité, c'est elle qui l'avait dit. Et maman était bien assez têtue pour ne pas remettre en question ses propres certitudes, surtout quand elles touchent au réel et qu'elles sont, de fait, incontestables.

Alors…

Alors, quand on se retrouve pris au piège de ses propres contradictions, il n'y a qu'une voie : la folie.

Les doutes d'Irène ont vacillé. Elle a rapidement observé que maman, focalisée sur l'existence de Jessica, ne faisait plus aucun cas de moi, dont la présence était devenue, non invisible, mais incongrue, et même indésirable. Comment pouvais-je prétendre exister alors qu'elle voyait sa fille ? Je ne pouvais donc être celui que j'étais, et ce constat était pour elle aussi objectif qu'une équation arithmétique.

Irène a admis, à contrecœur, que peut-être, oui, peut-être il était possible que… et que peut-être, oui, peut-être… c'était irréversible.

L'ambiance ne fut dès lors plus tout à fait la même au 3 rue Montaigne. Je faisais désormais partie des messes basses, j'étais devenu un prêcheur, et je chuchotais avec les autres toutes ces choses qui ne se disent pas.
Mais l'ambiance ne fut pas non plus si différente, parce que les hommes ne changent pas, eux, ils sont bien toujours les mêmes.

Un mois après le flagrant délit, maman fut internée.
A l'asile Artaud, où j'ai fait sa demande d'admission, on m'a dit qu'elle avait eu de la chance. D'avoir une place. Les dépôts de candidature sont nombreux. C'est plus difficile de postuler chez les fous qu'à Pôle Emploi.
Ce monde est fou, pensai-je.
Mais je m'abstins de le dire à maman.

M.A.D.
Maman A Dit

Trois ans plus tard.

Je rends visite à maman. Ce n'est pas la première fois depuis le jour de son enterrement, non, je veux dire de son *intern*ement, ce n'est pas la même chose, même si c'est quand même un peu pareil. Sauf qu'elle existe encore. Juste deux lettres qui diffèrent. Et qui font toute la différence. I, r, comme irresponsable, irréel, irréductible. E, r, comme erreur.

Je suis venu régulièrement, de moins en moins souvent, mais selon un rythme toujours constant.

Afin qu'elle conserve des repères, tandis que j'allège ma contrainte. Tous les jours, puis une fois par semaine, et finalement une fois par mois. J'ai remarqué que moins je la voyais, plus j'étais impatient de la retrouver. Dès lors, je n'ai pas hésité à espacer mes visites. Maman a dit *l'amour ça s'entretient. Il ne faut pas laisser le quotidien briser l'éclat du désir, qui s'éparpille en mille morceaux sur le sol javellisé des émotions.*
Je n'ai pas tout compris mais j'ai rapidement intégré que le quotidien c'est dangereux, surtout quand le sol est glissant. Et qu'il fallait éviter de trop faire le ménage. J'ai appliqué les consignes maternelles à la lettre.

Aujourd'hui, ce n'est pas comme les fois précédentes.
Aujourd'hui, je ne suis pas seul. Je rends visite à maman en compagnie de ma femme et de notre enfant. Elle ignore leur existence. N'ayant jamais su comment aborder le sujet, je ne lui en ai jamais parlé. Et le temps a passé.
J'arbore un air jovial en pénétrant dans la chambre, aux côtés d'une brune austère et d'une

gamine à l'expression renfrognée d'environ deux ans.

Bonjour maman ! Comment ça va ? Je te présente Isa, je n'ose jamais dire *belle,* en parlant d'elle, alors j'ai tronqué son prénom, lui accordant de suite la grâce de la familiarité. Ce qui, sans doute, a permis à notre relation de débuter. *Et voici ta petite fille. Jessica.*

Maman se fige. Je sens son sang qui se glace, et moi, ça me chauffe. Ça me réchauffe le cœur. Elle regarde la gamine intimidée avec perplexité et lève vers moi des yeux horrifiés. Elle est tétanisée, pétrifiée d'effroi, et son silence à cet instant me dit plus que tout ce qu'elle a pu me dire dans toute sa vie.

Je regarde cette femme, cette femme qui m'a tout donné, qui m'a aimé, qui a tremblé pour moi, qui s'est battue pour moi, qui a payé pour moi, sans que cela ne lui coûte, jamais. Cette femme qui s'est essayé à la maternité, qui a fait ce qu'elle a pu, comme elle a pu, et je ne comprends pas ce qui m'arrive. Ce qui m'est arrivé. Pourquoi j'en suis là aujourd'hui. Cette mère que j'ai tant aimée, tant écoutée.

Il aurait suffi d'un mot qui n'existe pas pour que rien de tout cela ne se produise. *Jessica*. Comment, mais comment ce qui n'existe pas, juste formulé, peut-il détruire ce qui existe. Comment la fille qu'elle n'a pas eue a-t-elle pu dévorer le garçon que je suis, que j'ai tenté d'être, en me frayant un passage entre deux lettres assassines, *g.c* ? Comme ces nuisibles qui rongent inexorablement leur proie. Ils ont tout leur temps.

Je raconte ma vie à maman, pour la distraire de la sienne. Comment je suis rentré un jour presque par hasard, en son absence, dans sa chambre, comment j'ai ouvert machinalement, la porte de la grande armoire, comment j'ai effleuré, timidement, les vêtements sobrement alignés, comment je me suis déshabillé, honteusement, pour enfiler une jupe, puis deux, puis…Comment j'ai recommencé, de plus en plus souvent, de plus en plus hardi, succombant aux délices de la transgression de l'interdit. Isa et la gamine se sont installées avec moi au 3 rue Montaigne, haut lieu des essais et essayages de toutes sortes, là où tous les coups sont permis. Ta chambre, maman, est devenue celle de Jessica. Isa a tout redécoré pour créer un univers enfantin. Seule la grande armoire y est demeurée, inchangée, avec son grand miroir, devant lequel je parade avec volupté pendant que ma femme promène ma fille au parc de Christie sur Ponge-Vian, dans lequel un espace jeu pour les tout-petits a été aménagé.

Et maman se tait.

Je suis revenu chaque mois avec Isa et la gamine, puis avec la gamine seulement, quand Isa s'est fait la belle. Puis la petite a grandi et a décidé de venir moins souvent. Et comme la petite a dit…

Je suis retourné tout seul voir maman. Comme au début.

Et un jour, maman a dit : je veux voir Jessica.

Mais la gamine, qui a bien grandi, la gamine est partie.

Alors je rejoins maman, un sac rempli de ses habits, et je fais *ma* Jessica.

J'entends son chuchotement. Oh… ma Jessie…

Et maman sourit.

Postface

Ami lecteur,
M'asseoir sur un banc cinq minutes avec toi…
Et regarder la vie, tant qu'y en a…

Ce récit est achevé. Je le quitte avec un peu de nostalgie, car l'ambiance va me manquer. Je me suis pris d'une étrange affection pour ce petit lieu, à la fois banal et atypique, qui accueillent ces petites vies et tout leur mystère derrière l'ordinaire.

Mais rien ne sert de s'éterniser. A Christie sur Ponge-Vian, le temps s'écoule comme toujours, comme partout. Tout au plus pourrait-on souligner que la fin du récit est un peu précipitée. Mais non. C'est juste que, quand ça va mal, tout s'accélère.

Cinq minutes avec toi
Et regarder le soleil qui s'en va…

Je n'ai plus le temps de m'attarder sur cette histoire, dont le processus et immuable. Quand on connaît la suite, il est temps d'en signer la fin. A quoi bon s'attarder…

Je suis pressé. J'ai en charge d'écrire, pour la première fois de mon existence de narrateur, une histoire vraie. Et tout l'enjeu n'est pas d'en restituer les faits, de retracer la réalité, je ne suis ni journaliste ni polémiste, mais au contraire de l'élever au rang de l'imaginaire.

Pour lui offrir l'éternité.

Bien sûr, je prendrai toutes les précautions nécessaires, je mentionnerai la formule d'usage *« Toute ressemblance avec des faits et des personnages existants ou ayant existé serait purement fortuite et ne pourrait être que le fruit d'une coïncidence. »* D'ailleurs je ne le vois plus, cet avertissement au lecteur. On fait ce qu'on veut, maintenant ? Ou alors on ne prend aucune précaution ? C'est bien dans l'air du temps, tout ça…

Je le signale ici, lecteur, que cette narration sera inspirée de faits réels, parce que je n'aurai plus l'occasion de t'en informer. Dans ce futur récit, qui, à ce jour, ne dispose que d'une épitaphe, je veux dire épigraphe, parfois c'est la même entrée en matière, c'est le même deuil ou la même mise à mort, oui, dans ce futur récit, je me garderai bien de le formuler. J'y entrerai en poussant la porte de l'imaginaire, comme un faussaire.

Et je peux déjà te donner un renseignement important, une décision, que dis-je, un engagement que je prends, il n'y aura pas de mère dans ce récit. Enfin, il y en aura peut-être, mais des *contextuelles*, ayant le même impact sur l'histoire qu'un pot de fleurs ou une bande d'arrêt d'urgence.

Parce que j'ai remarqué, à mon grand désarroi et avec un certain malaise, que c'est la deuxième fois qu'une mère succombe des mains de son fils. Mort ou folie, ce ne sont ni plus ni moins que les deux facettes d'un même exil : l'exil de la vie. Deux fois en deux romans. *A mon insu*.

J'en suis extrêmement perturbé. Pourquoi ça finit toujours comme ça ? Qu'est-ce qui se passe ? Ça a un rapport avec moi ? Je déplore ce constat, je ne comprends pas.

Il est temps que je passe à autre chose, je crois.

Je n'aurais jamais cru pouvoir dire ça un jour, mais la réalité, pour une fois, ça va me faire du bien.

                        A bientôt, lecteur, mon ami.
                                              L.

Table des matières

J'essaie 11

L'immeuble 17

Au rez-de-chaussée, à gauche 31

Rez-de-chaussée, de l'autre côté 39

Premier étage 49

Deuxième et dernier étage 67

Sunman 79

Correspondances 93

Vertige 95

Une journée chez Arthur 105

La tentation 115

Combinaisons funéraires 125

Promenade avec Richard 129

Au clair de la lune…... 141

Complots de voisinage...................................... 143

Flagrant délit.. 153

Demande d'asile.. 155

M.A.D. 161

Postface... 167

Table des matières... 171

Du même auteur :

Romans :
Les volets clos. 2022. Editions Red'Active.
Je. 2023. Editions Red'Active.
Le monde autour. 2024. Editions Red'Active.

Novellas :
Anna. 2022. Autoédition.
L'insignifiante. 2023. Autoédition.

Ouvrages collaboratifs :
Marguerite Yourcenar, la première immortelle. (« *Chandelle* ». Poésie). 2023. Ed. Rencontre des Auteurs Francophones.
Albert Camus : créer, c'est vivre deux fois. (« Briser les silences ». Nouvelle). 2023. Ed. Rencontre des Auteurs Francophones.

Le livre de nos mères. (« *Les secrets* ». Nouvelle). 2024. Ed. Rencontre des Auteurs Francophones.
Nos lettres d'Asie. (« *Regards croisés* ». Nouvelle). 2024. Ed. Rencontre des Auteurs Francophones.
Romain Gary : les avatars d'un génie. (« *Au bal des hommes* ». Nouvelle). 2024. Ed. Rencontres des Auteur Francophones.